モスクワ2160 1
蝸牛くも
KAGYU KUMO
神奈月昇
ILLUSTRATION

今回の仕事は、護衛です。
……問題でも？

いや、真っ当な仕事だなと思っただけさ。
依頼人はどこの誰だ？
《機関《オルガン》》の方々です。

ダーニャ。
今、別の事を考えていたでしょう……？

私のこと、
考えてくれないと、ヤです《ニェット》。

貴様、死んだぞ!!

やってみろ《ダヴァアアイ》!!

MOSCOW 2160

CONTENTS

モスクワ2160

蝸牛くも

GA文庫

ダニーラ・クラギン
で、依頼人は
どこの誰だ?
スターシャ
また来てくださいね。
待っていますから

MOSCOW2160
CHARACTER
マリーヤ・クラギン
こんな事で買収されたりはしませんよ、
ダーニャ兄さん
ダーニャ兄、
またスターシャ姉のとこに
行く気でしょ!!
ノーラ・クラギン

ワレリー・クラギン
……悪いぜ、兄貴
ヴラチ
機械だって壊れるさ。
生身と同じだよ

アダム
さて、何が目的だ？
エレオノーラ
面白くなってきましたね。
モスクワの路地裏も

カバー・口絵　本文イラスト
神奈月昇

モスクワ二一六〇

——俺《おれ》は、じきに死ぬ。

あと、もう何分も無いだろう。一分か、それとも二分か。

すぐに床の上に散らばっている、屑肉《ファーシュ》どもの仲間入りだ。

死体と大差ない。

なにせ〈八つ目〉は頭が三分の一ほど欠けているし、〈骸骨〉は背骨から下がちぎれている。

他の連中も似たりよったりで、まあいちいち説明するのも時間の無駄だろう。

どいつもこいつもろくな死に方をする気はなかったろうが、酒場《ピヴナヤ》の油染みた床が墓場とは。

明日にはモップで拭い取られて、それでおしまい《コニェッツ》。さようなら《パカパカー》。

もっとも、それをするはずのバーテン《バルメン》も似たような有様だ。数日はこのままだろう。

俺はといえば、じわじわと広がっていく血の生暖かさ、湯気を立てる臓物の生臭さの中だ。

反吐《へど》が出そうだった。出そう、だ。死体は反吐なんか撒《ま》き散らさないもんだ。

やらかしたのは、死体の山の上に君臨する一人の男。

硝煙纏《まと》った重機関銃《HCB》を片手で軽々と振り回す、俺とは大違いな筋骨隆々の大男。

まるで超人兵士《ボガトリィ》、イリヤー・ムーロメッツ大尉さながらだが、大尉とはまったく違う。

やつの肉体は、肉体なんて生易しい代物じゃあない。

クロームの装甲に赤黒い返り血を、ぬらぬらとイリイチのランプ《白熱電球》に照り返したその威容。

永久電球《シェーシン》の輝きだって、こいつの前では見劣りするだろう。

奴《やつ》は鋼鉄の機体を持ち、力は鉄道並に強く、弾丸より速く、ビルディングよりは軽い。

復員兵《ベテラノフ》――――機械化兵《キボルグ》。生肉《ミャーソ》とは大違い。

そんなやつに喧嘩《けんか》を売ったらどうなるか、わかってくれただろう？

生肉の《掃除屋《リクビダートル》》が正面から機械化兵とやりあえば、こうなる。

俺は、じきに死ぬ。

どうせあと一分か二分だ。死の間際《まぎわ》に振り返るにしたって、大した事は考えられない。

なら考えるべきは、どうしてこうなったのか、だ。

つまり――――十五分くらい前だ。

◆

「やっと来やがったな、ダニーラ・クラギン」

俺にかけられた第一声が、これだった。

寂《さび》れた酒場《ピヴナヤ》。《掃除屋《リクビダートル》》が占拠しても文句言われない程度に、客のいない店。

寒さの中を突っ切って店に入った俺は、ぶるりと犬のように身を震わせて全身の雪を払った。

「もう全員揃《そろ》ってるのか？」

「てめえで最後だよ」

「ふぅん、そうかい」

俺は頷《うなず》いて、全員の顔を見回した。

まったくもって有象無象だ。一山幾らで売っているような一流揃い。俺も含めて。

俺だって〈八つ目〉や〈骸骨〉、〈かぎ裂き〉に〈しわがれ声〉とかは知っている。

他の連中だって名前は知らなくとも、顔や噂《うわさ》ぐらいはわかるもんだ。向こうも同じ。

だが――友達だなんて、とても言えまい。

顔なじみ。俺はしっくり来る言葉を見つけた事に満足して、カウンターの方へ向かった。

防弾服のポケットから貨幣《コペイカ》を出して、何はなくともウォトカを頼む。

片隅のテレビ《テレヴィザル》では拡大レンズを通して、ニュース《ノーヴォステ》の真っ最中。

今日も我らがワルシャワ条約機構軍は、どこぞの紛争地で快進撃の真っ最中らしい。

「辛気くせえな。変えろよ。スポーツ《スポルト》あたりに」

「うるせえ。俺はこのアナウンサー《ディークトル》ジェーンシナが好きなんだよ」

誰《だれ》も報道の中身になんか興味ない。

今日も我らがワルシャワ条約機構軍は大勝利に決まってる。

そしてその次の話題は、西側諸国の皆様方の情報とやらだ。

環境問題がどうだかとか色々喚《わめ》いているようだけれど、それはトマト《ポミドール》みたいなもんだ。

緑緑と言ってるうちに赤くなる。

俺はそんなやり取りを横目に、ショットグラス《ストープカ》の中身をちびりと舐《な》めて、聞いた。

「で、的《マト》はなんだって？」

「イーゴリだかドミトリだかいう無法者《ウゴローニキ》さ」

〈八つ目〉が、ご自慢の暗視装置《PNV》を頭の上にのっけたまま教えてくれた。

暗殺仕事の標的から奪ったとの噂だが、俺は他の掃除屋の死体から剝《は》ぎ取ったと見ている。

「我らがワルシャワ条約機構軍からの栄えある出戻り様。生かしておくと世のためにならん」

「そうかい《ヴォッタク》」

俺は適当に相槌《あいづち》を打った。生かしといて世の中のためになるかは、自信がなかった。

と、誰かが俺が肩から下げた短機関銃に気づいた。「ペペシャかよ」と呆《あき》れたような声。

「屑鉄《メタロオム》どもにそんなのが通じるか？」

俺はちびちびとウォトカを舐めながら答えた。

「狙《ねら》って当てるのが苦手なんだ」

「だったら、賞金は俺が頂きだな」

そいつの得物は、対空機関砲の銃身を転用した、馬鹿《ばか》みたいにごっつい散弾銃《KS・23》だ。

そう悪い武器じゃあない。単に俺は使う気がないというだけで。

「ガス弾《テペー》も擲弾《てきだん》《パヴェズロー》も撃てるんだぜ。これぞまさに万能《ウニヴェルサリノエ》兵器《アルージェ》ってやつよ」

「そりゃあ良かったな」

「ま、短機関銃は取り回しも良いしな」

ひましてたらしい〈骸骨〉が、楊枝《ようじ》で自分の歯をほじくりながら、訳知りかおで頷いた。

「けどそれなら俺みたいにもっと良いやつを使うべきだぜ」

そういって〈骸骨〉が叩《たた》いたのは、銃口下に擲弾筒を括《くく》り付けた短機《グローザ》だった。

銃把と擲弾筒が一体化し、後ろに突き出た弾倉のせいで、ひどく捻《ね》じれた輪郭をしている。

「俺の兄貴が内務人民委員部《NKVD》軍にいてな。流してもらったのさ」

聞かれもしないのに〈骸骨〉はニヤニヤと笑って付け加えた。俺は言ってやった。

「良い兄貴だな」

「ああ、たまには役に立つ」

別に大して中身のあるような会話じゃあなかった。

誰も彼もが緊張していた。それだけの事だ。俺だって、そうだ。

緊張しない《掃除屋》はすぐに死ぬ。緊張する《掃除屋》はその次に死ぬ。

誰だって、自分の順番はなるべく後回しにしたいもんだ。俺だって、そうだ。

「それにしても」といったのは、誰だったろう。パルプ雑誌をめくっていた奴だ。

そいつはモスクワ五輪の広告と、そこに冷ややかな笑顔で並ぶ美女のグラビアを見ていた。

退廃的な芸術は西側諸国にしかないらしい。当然だ。美しい女が退廃的なもんか。

銀に限りなく近いくすんだ金髪。粗い印刷でも陶磁器みたいに白い肌。氷みたいな冷たい瞳《ひとみ》。

「ミス・モスクワは良い女だな」

「お前なんかじゃ絶対袖《そで》にされるぜ」

だから、俺も付き合って言ってやったんだ。

「俺の恋人も、スターシャってんだぜ」

酒場《ピヴナヤ》の中が、一瞬静まり返る。その次に起こる事も、相場が決まっている。

銃声が響かなきゃ、だいたいは爆笑だ。

「どうせ大したことない年増女だろ‼」

「よくある名前だもんな、スターシャなんてのは‼」

げらげらと〈八つ目〉が俺の背中を叩きながら、言ってきた。

「で、なんだ。そのスターシャにガキの出産代でもせがまれたか?」

「いや」俺は首を横に振った。「弟が一人に、妹が二人だ」

「興味ねえよ」

まったくだ《ソグラシェン》。俺だって他人の恋人の話なんて興味も無い。

だから俺は肩を竦《すく》めて、ショットグラス《ストープカ》の中身に集中することにした。

残り少ない中身を一気に干すと、バーテン《バルメン》が次の一杯を注《そそ》いでくれる。

――そういえば、初めて飲んだアルコールはなんだったっけ？

確か虫除《よ》けのコロンかなんかだったはずだ。ひどい味だった。

だから俺は、他の奴らの会話を聞き流しながら、ふと腕の時計に目を落とす。

シュトゥルマンスキー。ガガーリンと共に宇宙に行った、史上最初の腕時計。針は正確だ。

「そういや、〈獅子〉の奴ァどこ行った？」

「便所じゃねえか？」

「下痢で機械化兵《キボルグ》が殺せるかっての」

その瞬間だった。

――バンと扉が弾《はじ》け飛んだ。

「よお《プリヴィエット》間抜けども《カプースタ》！　てめえら死んだぞ!!」

重機関銃《HCB》が金切り声を上げて、〈かぎ裂き〉に〈しわがれ声〉がごちゃ混ぜになった。

連中の反応速度はなかなかのもんだったが、腰のトカレフに手を伸ばすのが間に合わない。

「くそったれ《カシマール》!!」

〈八つ目〉がご自慢の暗視装置《PNV》に手をかけ、〈わし鼻〉が叫びながら、散弾銃をぶっ放す。

こういう時にろくに狙いをつけんで良い武器は良い。当たるからな。当たるだけだが。

酒場の入り口に立つ巨影に鉛玉がぶち当たって火花を上げる。そんなもんだ。

次の瞬間には重機が唸《うな》って〈わし鼻〉はそのあだ名の由来ごと消えっちまった。

巻き込まれた〈八つ目〉はゴーグルごと頭を三割がた吹き飛ばされて転がっていく。

〈骸骨〉はといえばようよう短機関銃を構えたところ。当然、鋼化結線した奴のが早い。

奴の短機が雨のように銃弾をばらまく瞬間、きぃんと耳鳴りがして標的の姿が掻《か》き消える。

高速転位だ。音より速いんだから弾が当たるわけがねえ。

この甲高《かんだか》い唸り声は機械化兵《サイボーグ》の叫びだ。奴らの魂は青い《ブルース》んだ。

そんな事を言っていた資本主義かぶれの奴がいたっけ。とうの昔の死んだ奴だ。

〈骸骨〉は可哀想《かわいそう》に。トラックか戦車がぶち当たったみたいに弾けてしまった。

当然、その間も奴の――親愛なる同志イーゴリは勤勉に重機関銃をぶん回しているわけだ。

店はずたずたに引き裂かれ、瓶《びん》は割れ、酒が飛び散り、一山幾らの《掃除屋》が撹拌《かくはん》される。

かわいそうに、バーテン《バルメン》は悲鳴だってあげられなかった。逃げることもだ。

当然、俺も同じだ。

吹き飛んで、床に転がって、屑肉《ファーシュ》の山と臓物と血の中にぶっ倒れている。

――俺は、じきに死ぬ。

死体と大差ない。

まあ、つまりは、そういう事だ。

◆

「どいつもこいつも根性なしだ」

イーゴリは、動くもの一つ無くなった店内を満足げに見渡した。

動体反応無し、熱源も無し――と言ったって、店中真っ赤《まっか》だ。

撃ちまくった重機からも、屑肉からも、高速転位したやつの機体からも、湯気が立っている。

重量のある機械化義肢で、イーゴリは誰のものとも知れぬ内臓を踏み躙《にじ》る。薬莢《やっきょう》が跳ねた。

モスクワは、寒い。

凍えるようだ。白く、灰色で、青ざめていて。

クロームの瞳を通したって、そうだ。

イーゴリのかつていた――そして今もいる戦場とは、大違いだ。

「暴《あば》れろって言いやがるがらそうしただけなのに、金かけてまで殺そうとしくさるたァな」

いや、そう考えると戦場よりはマシなのかもしれない。

少なくともモスクワでは、殺すのに金をかけてくれるわけだ。戦場ではそうはいかない。

「は、はは……」

金属質な笑い。満足してるのか、自棄《やけ》っぱちなのか、麻薬《ナルコチック》のせいか。その全部か。

「畜生《サバーカ》、なんてザマだ。なんて――……ははは、くそ、畜生《サバーカ》……！」

いずれにせよイーゴリは笑いながら、特に意味もなく、せわしなくその義眼を動かした。

戦場での癖《くせ》が抜けないのだろう。索敵を怠れば死ぬ。その目が、ふとそれに気がついた。

旧式の短機関銃。ペペシャ。その銃口。此方《こちら》を向いて――……。

「テメエ、なんだ……ッ！！？」

「死体のつもり」

俺は銃爪《トリッガー》を絞ってペペシャから弾丸を思い切りぶちまけてやった。

イーゴリのクローム製の頭が火花を散らし、奴は顔面を押さえて大きく仰《の》け反《ぞ》る。

「畜生《サバーカ》!!」

というのは悪態なのか、俺への罵《のの》りか。どっちにしろあまり大差はないだろう。

奴は片手で顔を押さえたまま、一方の腕をぶん回し、廃材になったカウンターを薙《な》ぎ払う。

「こんなもんで人が死ぬか！　かかって来やがれ！　腰抜け《ダヴァイ・トゥルース》!!」

実際、顔面のセンサー《ダーチェク》を潰《つぶ》したって、機械化兵の恐ろしさはこれっぽちも変わらない。

あれは人型をしたミキサー《ミークセル》だ。近づけばズタズタに引き裂かれ、粉々になる。

触っちゃいけませんよ。スターシャが言ってた。彼女の言うことはいつだって正しい。

俺はイーゴリが床の屑肉を赤黒い液体に変えてる間に、店の外に転げ出ていた。

凍えるようなモスクワの風が、目出し帽《バラクラヴァ》越しにも目に染みる。

なにせさっきまで死んでいたんだ。死体は瞬きをしないもんだ。

振り返れば、そこは酒場じゃなくて、まるで解体工事現場か食肉工場みたいな有様。

そうやって暴れてっから、プシッという気の抜けたような音も気づかないんだ。

俺は手のひらの中で、安っぽい金属のリングを弄《もてあそ》んだ。

〈八つ目〉か〈骸骨〉の死体から散らばった金属の卵は、今、イーゴリの足元に転がっている。

名前はRGD-5。我らが祖国の誇る——手榴弾《グラナータ》。

まあ、一発じゃ無理だろうが、あいつら他にも何発か持ってただろうし。

「確かに」と俺は言った。「このぐらいなきゃ機械化兵は沈まねえよな」

ドカン《バッツッ》。

◆

民警《ミリツィア》の気配は無い。この程度は、まあ、別に珍しくも無いからだ。

俺はまったく輪をかけてみすぼらしくなった酒場を、ぼんやりと眺めた。

木端微塵《こっぱみじん》になった肉片の中にはクロームの色も混ざっている。脳波停止《ロヴナヤリニャ》。

結局のところ値札つきの獲物は一つだったんだから、賞金をもらえるのだって一人だ。

悪く思わないで欲しい。だいたい、俺だって一山幾らだ。お互い様だろう。

俺はぶすぶすと煙を上げる酒場の成れの果てを見た。ひどく寒い。ぴゅうぴゅう来る。

見上げればそびえ立つ暗黒の塔——オスタンキノ・タワー。

そこから蜘蛛《くも》の巣みたいに張り巡らされた電信網の隙間《すきま》を抜け、雪がちらほらと降っていた。

街中、いたるところにうねっている金属の温水パイプは、巨人の腸みたいなもんだ。

俺はぶるりと体を震わせて、店に背を向けて、一歩、二歩と足を進め、立ち止まる。

「…………チッ《ティフ》」

俺は舌打ちを一つすると、くるりと踵《きびす》を返して、足早に歩き出した。

廃墟《はいきょ》なんだか残骸なんだかという酒場の脇《わき》を回る。まだ建物も壁も窓も健在だ。裏手の窓。

「おい《エイ》」

「う、おッ⁉」

ぎくりと体を震わせたのは、その窓——トイレの窓から這《は》い出た、一人の《掃除屋》だった。

初めて見る顔だ。名前も知らない。けど、あだ名は知っている。

「あんた、〈獅子〉だろ。腹具合はどうだ？」

「あ、ああ……」と〈獅子〉は貧相な声で言った。「平気、さ」

痩せこけた野良猫みたいな奴だった。妙に大きな目だけが、嫌にギラついている。

別にあだ名ってのは、何もそいつを褒め称《たた》えるためにつけられるとは限らない。

俺は空っぽになったペペシャを意味もなく〈獅子〉に向けながら、聞いてみる事にした。

「いくらだった？」

「え？」

「俺達の値札さ」

〈獅子〉は答えてくれなかった。

「助けてくれ《ポマギーチェ》!!」と、やつは甲高い声で叫んだ。「家族がいるんだ！　死にたくない！」

「そりゃあそうだ《カニェーシナ》」

否定の余地は無い。俺はペペシャを雑に左右に振って、こう言ってやった。

「行けよ《イディ》」

「ああ……！　ありがとう《スパシーバ》！　……ありがとう《スパシーバ》!!」

〈獅子〉は感極まって何度もそう繰り返すと、一目散に走り出した。行き先は知らない。

俺はその場で二、三歩ほど後ずさった。走り出した〈獅子〉が振り返る。手にトカレフ。

奴の目が見開かれる。俺だってもう右手にトカレフは抜いてる。俺は笑った。

「言ったろ、弟が一人に妹が二人、それに恋人がいるんだ」

いや、こいつには言ってなかったかもしれない。

だとしたら、悪いことをした。

まったくもって場違いも良いところだが、それを気にしては生きちゃいけない。

モスクワ川のほとりに佇《たたず》む、巨大な『七姉妹』の末娘。三十四階建ての摩天楼。

それを前にして謙虚にならない奴はいないのだから、俺も自分のちっぽけさは考えない。

俺には綺麗《きれい》で手が込んでるとしか表現できない絵付きの天井《てんじょう》の下を抜け、昇降機へ。

「……チッ《ティフ》」

ポケットに手を入れた俺は、防弾服に穴が開いていることに気がついた。

〈獅子〉のせいか、イーゴリのせいかは知らない。だが、どっちにしろもう請求はできない。

幸い、硬貨《コペイカ》は落とさずに済んだ。俺はそれを昇降機に放り込み、階数を叩く。

俺のかわりに昇降機が建物を昇ってくれる。それに感謝しながらも、この時間が待ち遠しい。

いや、待ち遠しいのは昇降機を降りて廊下を進む時だって、そうだ。

扉の前に立って、呼び鈴のベルをジリジリと鳴らす時も、俺は子供みたいにそわそわする。

鍵《かぎ》が回る。ドアが開く。暖かな空気。甘い香り。

銀に限りなく近いくすんだ金髪。陶磁器みたいに白い肌。氷みたいな冷たい瞳が、蕩《とろ》ける。

「あら、ダーニャ！　やっと来てくれましたね、可愛い人《ミールィ　モイ》！」

ぱっと雲間の太陽みたいな明るい微笑《ほほえ》みに、俺だって肩の力が一気に抜ける。

気の利《き》いた言葉とか、格好つけた言葉とか、百万通りくらい浮かぶが、それを投げ捨てた。

「抱きしめても良いか《モージナ　チェビャー　アブニャーチ》？」

「もちろんです《カニェーシナ》」

くすくすと笑いながら、けれどその腕で俺を絡《から》め取るのは、スターシャの方だ。

扉を抜けて玄関に引き込まれる。彼女の顔が間近に迫る。うっすらと、頬《ほお》を薔薇《ばら》色に染めて。

俺以外の誰が知っているんだ？　ミスモスクワが、ちょっと背伸びして、キスをするって。

「ん、ぅ……ッ」

重なる唇。吹き込まれる吐息。絡まる舌。柔らかい肉体。その心地よい重さ。

ウォトカとは比べ物にならない。凍えた俺の体の中に、スターシャは熱を吹き込んでくれる。

――俺は、じきに死ぬ。

いつだって俺はそんなことを思っている。たぶん、事実だとは思う。

だとしても、だ。

それはもうちょっとばかし、後の事だろうとも思うんだ。

◆

宇宙開発競争は我らが偉大な祖国の勝利で終わった。

ゾンド八号は月面に赤い旗を突き刺して、米国はスター・ウォーズ計画に突き進む。

頻発する国際紛争。大勢の傷痍《しょうい》軍人。宇宙開発技術の軍事・義肢転用。

おかげで東西諸国の冷戦は、二世紀かけても終わる気配が無い。

灰色の雪がチラつく空。欠けたネオンのくすんだ極彩色。

薄汚れた街の底をうろつくのは、機械化された帰還兵《キボルグ》。その目を恐れて這い回る労働者。

塔から数千本張り巡らされた電脳網は当局によって監視され、迂闊《うかつ》な奴らは強制収容所へ。

裏ではKGBとGRUに西側スパイ、マフィアが殺しあい、民警は賄賂でだんまり。

ブラウン管に灯《とも》るニュースでは、今日も我らがワルシャワ条約機構が大勝利。

噂では、西側諸国でもアカ狩りと称する魔女狩りの真っ最中らしい。

人類は地球表面にへばりついたまま、核兵器を振りかざして睨《にら》み合《あ》う。

自由も真実も、未来も繁栄も、とうに何処かへ消え失せたようだ。

俺――ダニーラ・クラギンは《掃除屋《リクビダートル》》だ。

どの勢力からも存在否定可能な人材として、今日も街《モスクワ》の美化に貢献している――……。

プレイバック

——誰《だれ》がこんな女の子を好きになるもんか。

そう思ったのを、よく覚えている。

鉛色に重苦しく濁った空から、灰色の雪がはらはらと舞い散る下。

巨人のはらわたみたいにデカい金属の温水パイプが蠢《うごめ》く、その谷底みたいな路地。

彼女は共同住宅《クヴァルチーラ》のアプローチに座って、数字の書かれた靴裏を見せていた。

歳《とし》は——十五歳かそこら、同い年ぐらいだろう。

もっとも、俺《おれ》だって自分の歳ははっきりわかっちゃいない。

妹よりは年上で大人びているけど、俺よりも上って事はないだろうと、そう見当をつけた。

短く切ったくせっ毛は色の薄い金髪だけど、積もる雪のせいで濡《ぬ》れてしまって、台無しだ。

そのせいで白い肌も薔薇《ばら》色の唇も、何もかもが青ざめた紫に染まり、凍えきって震えていた。

なにせ彼女の服はダブついた肩を安全ピンで留めて、それでも裾《すそ》の短い白いワンピース。

恥じらいか寒さのせいか、彼女の片手は時折裾を伸ばそうと無駄な努力をしている。

その腕の小枝みたいな細さときたら。それでもふっくら、柔らかそうなのは不思議だった。

もちろん、俺だってそう褒められたものじゃあない。

俺はくたびれきってた。痩せてたし、腹も減ってた。数日前から何も食べていなかった。

最後の小麦粉でペリメニをこさえてやったら、弟と妹たちががっついて食べたせいだ。

俺の分は一口も残らなかった。水をたらふく飲んで誤魔化《ごまか》して。今日も走り通しだった。

肩から下げた短機関銃《ペペシャ》が重かった。ジャケットを通り越しても、吊帯が食い込む。

ジャケットといえばこれがひどくつっぱるし、懐《ふところ》の拳銃《トカレフ》は銃把《グリップ》が肋骨に当たって痛い。

だっていうのに、彼女はじっとこちらを見つめてくるんだ。

長い睫毛《まつげ》には霜がついていたし、せわしなく瞬きをする目はかわいそうなくらい赤い。

雪の中にいる兎《うさぎ》かな、と思った――もっとも俺は、兎なんて見たことはなかったけど。

「よ、よかったら……その……。あたたまって、いかれませんか……？」

俺は寒くて、腹が減っていた。ポケットの中には小銭《コペイカ》が少しだけ。

だから、言ってやったのだ。精一杯に声を尖《とが》らせて、つっけんどんに。

「チッ《ティフ》……」俺は舌打ちをしてみせた。「金なんか持ってないぞ」

「あ、えと、その――……」

だっていうのに、その女の子は微笑《ほほえ》んで――……。

◆

「やつは豚《スヴィニヤ》さ」俺は乾いた口の中で言った。「こわくなんかない」

俺が――ダニーラ・クラギンが初めて人を殺したのは、十の頃だ。

相手は復員兵《ベテラノフ》。おまけに機械化兵《キボルグ》で、突撃銃《カラシニコフ》まで持ってやがる。

俺はといえば、あるのはゴミ箱で拾った拳銃《トカレフ》が一つ。

けど、やらなきゃ死ぬ事だけはわかっていた。

そいつがやってきたのは、俺たちのねぐらにしていたマンホールだったのだ。

モスクワの地下は、広い。

廃品屋のオヤジから前に聞かされたが、七百年前の王様が地下通路を作ったのが最初らしい。

七百年なんて言われても、俺にはさっぱりわからない。

そっから排水路だとか、運河だとか、地下鉄、防空壕《ぼうくうごう》だとか……とにかく、みんなが作った。

あるいは、上にあったら不都合なものを、とにかくみんなモスクワの地下に押し込めたんだ。

俺にとって重要なのは、ひとつ。

地下は乾いていて、雪もなくて、風も吹いてこないって事だ。

おまけにそんな穴蔵は幾つもあったけど、俺たちが潜り込んだそこは、貴重な当たりだった。

なんといっても暖房用の温水パイプのうち、地下を通ってる管が通ってるところだったのだ。

もちろん此処《ここ》に住んでたって死ぬ奴《やつ》はいたけど、少なくとも凍死する事だけはなかった。

家無しの俺たちにとっては、間違いなく家と呼べるだけの場所だ。

——そこに、やつはやってきた。

やつ……名前は覚えてない。そもそも名乗られた記憶もない。向こうもそうだろう。

でっぷり太って、四六時中ウォトカを飲むか、怒鳴るか、殴るか、寝るかだけ。

口癖は「俺が戦《フリェーン》ってやったからお前らは生きて《ズナーイェット》られるんだ」。

——知ったことかだ。

ゴミ漁りで手に入れた廃品をオヤジに引き取ってもらったって、食ってくのがやっと。

だってのに、やつに上がりを取られたんじゃ、食べてくことだってできやしない。

それにそのうち、やつが俺たちをマフィア《ブラトノイ》の使いっぱしり《シェスチョルカ》にするのはわかりきってた。

あいつがキメる麻薬《ナルコチック》を恵んで頂くために、命がけでブラトノイに従うなんてゴメンだ。

だからゴミ捨て場で見つけたトカレフに、弾が残ってた時、俺は腹を括《くく》った。

やつにバレたらおしまいだ。でも作戦を立てられるほど、俺は賢くない。

だからその日も、俺たちはやつに付き合ってやった。

一日中、手指を真《ま》っ赤《か》にしながらゴミ捨て場を渡り歩いて、少しでも使えそうなのを拾う。

我らが祖国がどっかの紛争で勝ったとか負けたとかで、軍が放り出した機械は多いのだ。

そういう意味では、やつの言うことだってそう間違っているわけじゃあない。

問題は、放り出されたあれこれの中には、俺たちだって含まれてるって辺りだ。

間違ってないからって正解じゃないことも、その逆も、俺たちは身を持って学んでいる。

そうして拾った金属とかをダンボール一杯にあつめて、オヤジにそれを売りつける。

オヤジはハカリで目方をはかって、俺たちにちょっとばかりコペイカをくれる。

安く買い叩《か》《たた》かれてるってのは、わかってる。

でもオヤジだって儲《もう》かってるわけじゃないし、俺たちには十分な額だ。文句はない。

コペイカを缶からに放り込み、ほんの少しだけ服の下にねじ込んで隠して——穴に潜る。

マンホールの奥、温水パイプ側に俺たちが運び込んだソファが、やつの玉座だ。

機械油でぎらついた両腕を見せびらかし、傍《かたわ》らにはいつもカラシニコフとウォトカの瓶《びん》。

そして奴は恭しく差し出された缶からに一瞥《いちべつ》もくれずに、酒を飲んで、こう言うのだ。

「ようしお前ら。服を脱げ」

もちろん、俺たちだってこう言われるのはわかってる。

でも全部素直に差し出したって、やつは「隠してるに違いない」といって殴りつけるんだ。

同じ殴られるなら、一発殴られて終わりにした方が良い。

それに女の子をひん剝《む》く時は、奴はことさらに時間をかけて、ねちねちとやりやがる。

「育つのが楽しみだ」

そして全部終わると垢《あか》じみた顔をにやつかせて、そんな事も言うのだ。

だから俺は金を持っていって、差し出して、ぶん殴られて、頭から床に転がってやった。

金属の塊でガツンとやられると、頭の中まで一瞬真っ黒になったようになるんだ。そしてぐらぐらと全身振り回されたみたいに揺れて、床と天井《てんじょう》がひっくり返る。奴は這《は》いつくばる俺を見てフンと鼻を鳴らし、ウォトカの瓶をひっつかんで口に運ぶ。きっと、俺たちがモノを食わなくても生きていけると思ってるに違いない。その勘違いを直してやる必要はない。今日で終わりだ。だから我慢してやる。

俺はやつをちらっと見ると、肩を落として、とぼとぼとマンホールの外にまで這い出した。雪は降っていた。いつも降っていた。風は吹き、寒く、もうじきに夜だった。

「今日までだぞ」

俺は穴の外で、寒さに歯をかちかち言わせながら服を着てる女の子たちに、そう言った。二人は黒髪の女の子で、双子のようにそっくりだけど、でもまったく違う。

一人は大人びていてキッときつく唇を噛《か》んでいて、だまってじっと俺を見る、髪の長い子。もう一人はぐずぐずと泣いていて、でも俺がポケットから飴《あめ》を出すとパッと笑う、短い髪。

マンホールの中であいつに眺められながら着替えたくないから、外に這い出て服を着る。寒いから泣くし、泣くから冷える。顔も霜がついて、血の気が失せているのに、赤くて。それがあんまりにも見ていられなかったから、俺は短髪の子に飴をくれてやったんだ。

――本当は、最後に取っておきたかったんだけど。

拾ったパルプ雑誌の、漫画で見たのだ。

文字も読めなかったから話の筋は知らないが、そんな事はどうでも良い。

表紙のヒーローが超人兵士《ボガトリイ》、イリヤー・ムーロメッツ大尉だってのは誰でも知っている。

ムーロメッツ大尉は、その日もたぶん悪いやつ、西側諸国のスパイかなんかと戦っていた。

そしてその基地に乗り込んで撃ちまくる前に煙草《たばこ》を一本しまって、勝った後に吸っていた。

だから俺も、今日を無事乗り切ったら飴を舐《な》めようと思っていたのだ。とっておきのを。

でも泣きじゃくられて、やつに気づかれたら元も子もないから。これはしかたなかった。

「悪いけど、それで最後なんだ」

黙ってじっと俺を見る長髪の子に、言い訳がましく俺はそう呟《つぶや》いた。

「上手《うま》くいったら、明日はお前の分も買ってやるよ」

「……ん」

長い髪の子は、こくんと頷《うなず》いた。

上手くいけば。上手くいけば、一ルーブルは稼げる。白パンの一塊くらいは買える。

お釣りも出れば、飴の二、三個くらいのコペイカは取っておける。上手くいけば。

「……けど、もし失敗したら、さっさと逃げろよ」

それから声をかけたのは、もうひとり。鼻水を垂らした、男の子だ。

そいつは俺の言ってることの意味がわかってるのかどうか、鼻を啜《すす》って返事をする。

俺は、息を吐いた。

三人とも五歳くらい――少なくとも俺より年下なのは間違いなかった。

俺と、この三人。それが今、この穴蔵に残っている子供だ。

他にももっと子供はいた。俺より年長の奴もいたし、俺より腕っぷしの強い奴もいた。

でも、みんな逃げてしまった。

あいつに殴られるのは怖かったんだろう。機械化人《キボルグ》の一発は、きく。

俺が鉄砲を拾ってきても「危ない」とか「失敗したらどうする」とか言って、及び腰。

結局、そいつらもいなくなって――まあ、告げ口しなかったから、怒ったりもしない。

でも、残った子どもたちのなかで、一番年上なのは俺だから、俺がやろうと決めた。

俺はマンホールの横、うず高く積まれたゴミ山からダンボール箱を引っ張りだす。

中には新聞《ブラウダ》の包みが押し込まれていて、引っ剝がすと、鉄の塊が手のひらの上に落ちる。

トカレフ。

俺はムーロメッツ大尉の真似《まね》をして遊底を引っ張って、じゃきりと弾を込めた。

黒くて、重たくて、俺の手から今にも零《こぼ》れ落ちそうで、撃てるかどうかもわからない。

でも俺にとってはこれしかない。だから、これが世界最高の銃だ。

――失敗したらどうするんだって？

「……やれるだけやってみるさ」

俺はそう呟いて、さっき通ったばかりの暗闇《くらやみ》の中に、もう一度潜った。

やつは豚《スヴィニヤ》さ。こわくなんかない。そう言い聞かせて。

——実際、豚ってのはホントに食べるか寝るか鳴くかなんだろうか？

俺にはさっぱりわからない。でも少なくとも、やつはそういう生き物のように思える。

そいつに小突き回されてる俺は何なのかは、考えないようにした。

——上手くいっても、失敗しても、今日までだ。

そう考えると、少しだけ下水道を進む足取りも軽くなる。

レンガとコンクリートの継ぎ接ぎみたいな下水管の中は、広くて、狭い。

真っ暗闇のせいでよくわからないのだ。俺の吐く白い息だって見えやしないのだし。

それでもやつのいる管は、灯《あか》りがついている。何度も往復したし、迷うことはない。

俺はサイズの合わない靴ががぽがぽと音を立てないよう、慎重に足を進めた。

握りしめたトカレフは重たくて、指が二倍に膨れ上がったみたく、手が堅かった。

そっと、穴蔵の中を覗《のぞ》き込む。

やつは——いつも通りだ。

バネの飛び出たソファにどっかりと体を沈めて、寝ているのか起きているのか、宙を見てる。

鋼鉄の片手にはカラシニコフ。反対の手にはウォトカの瓶。それだって変わらない。

俺たちがどうにかかき集めたガラクタの家具の真ん中で、やつはふんぞりかえっていた。

一歩近づく。

やつはぶつぶつとうわ言めいたことを言った。

一歩近づく。

やつは頭を重たげに傾けた。

もう一歩前に。

やつは、まだこっちを見ない
俺は——俺は腕をどうにか持ち上げた
これ以上近づく勇気はなかった。だけど、これ以上下がる勇気もなかった。

ムーロメッツ大尉は片手で軽々と撃ちまくっていたけど、俺にはそんな事はできそうにない。

トカレフは重たくて、喉《のど》はヒリヒリに乾いていて、とてもまっすぐ構えられる気がしない。

それでもどうにか、もたもたと俺は鉄砲を持ち上げて、まっすぐに腕を伸ばした。

ぷるぷると腕が震えるけれど、それでも、慎重に狙《ねら》って、狙いをつけて——……。

「なんだぁ、お前……」

俺は撃った。

バキッという轟音《ごうおん》が響いて、俺は吹っ飛び、ウォトカの瓶が粉々に砕け散る音がした。

「てめえ、死んだぞ!!」

上手くやれたとはとても言えない。

俺はほとんど咄嗟《とっさ》に、やつの食い散らかしたゴミための中を、転げるようにして飛び退いた。

「う、あ……ッ⁉」

左の頬《ほお》が焼けるように傷む。機械化人《キボルグ》の力任せに投げたガラス瓶が切り裂いたのだ。

だが、俺は目玉が残ってるのに感謝する暇もない。

トカレフを落っことさなかったのが奇跡みたいなもんだ。

俺はぎゅっと銃を握りしめたまま、とにかく這いつくばって土管の中を転がった。

唸《うな》る駆動音。頭上をぶおんと吹き抜ける風。やつが力任せにぶん殴ってきたのだ。

がしゃんとまた何かが砕ける音がしたけど、それを気にしている余裕もない。

とにかく俺はトカレフを握りしめて、立ち上がって、それをやつに向けようとした。

「てめえ……‼」

その俺を、カラシニコフの銃口が睨《にら》んでいた。

やつは機械みたいな精密さで、王様の杖《つえ》を俺に突きつけていたのだ。

「あァあ……ッ‼」

俺の手がほとんど反射的に銃爪《トリッガー》を絞っていた。

轟音がして腕が跳ねる。目がちかちかする。引き戻して撃つ。撃つ。撃った。

銃爪が動かなくなったことに気がついたのは、右親指の千切れそうな痛みのせいだ。

「い、つ……ッ」

俺はじんじんと痺《しび》れる手から、トカレフをごとりと落っことした。

見てみると親指の付け根がざっくりと大きく抉《えぐ》れるように裂けて、血が滴っていた。

トカレフの遊底が後退した時に、変な握り方をした俺の手を切りつけていったのだ。

「――――――」

俺は右手を押さえながら、呆然《ぼうぜん》とやつの方を見た。

やつは右目の下に穴を開けて、ソファにふんぞりかえっていた。

その後ろには、壁にも床にも赤黒い汚れがビーツの汁をぶちまけたように広がっている。

鋼鉄の両手はギチギチと不気味に痙攣《けいれん》して、握ったり開いたりを繰り返していたが――……。

「――……死んだ……？」

ようでは、あった。

俺は、正直言って何がどうして、どうなったのか、よくわからなかった。

もう撃てもしないトカレフを左手で拾い上げて、意味もなく握りしめる。

震えるカラシニコフをそっと避けるように近づいて、俺はマジマジとやつを見た。

やつは最初と同じように宙を見上げて、だらりと口の端から舌を突き出していた。

死んでいた。間違いなく。何発目かもわからないトカレフの弾が、脳を吹き飛ばした。

だっていうのに、俺はなんで自分がまだ生きているのかわからなかった。

俺は頬をぐいと擦《こす》り、右手のずきずきとする痛みを誤魔化すように握りしめる。

そして、ゆっくりと振り返って、やつが睨んでいたものが何かを、知った。

「………パイプ」

温水の通った、パイプ。

それが、俺がついさっきまで突っ立っていたところに、横たわっていた。

そうでなけりゃ機械化人《キボルグ》の復員兵《ベテラノフ》に、十歳のガキが殺されないわけがない。

やつは構えて、狙いをつけようとして、命綱であるパイプに気づいて、俺が先に撃った。

こいつのおかげで俺はこんな目にあって、こいつのおかげで俺は生きている。

――そして、やつは死んだ。

俺は――どうして良いかわからなくって、やつを前にしてぼんやりと立っていた、らしい。

らしいというのは、俺は一分もそうしてたつもりはなかったんだ。

けど女の子たちが男の子をつれて、おっかなびっくり様子を見に来たら、そうだったそうだ。

俺はといえば、長い黒髪の子がぐいぐいと袖《そで》を引くので、やっと気がついた始末だ。

その子はぎゅっと唇を噛んで、目尻にふるふると涙をにじませていた。

短い黒髪の子はわけもわからずわんわんと泣いていたし、男の子もぐずぐずとしていた。

だから――だから俺は、とにかく、なにかそれらしいことを、しようと思ったんだ。

「……チッ《ティフ》」

舌を打って、俺はまず、やつの手からカラシニコフをもぎ取りにかかった。

これをオヤジに売っぱらえば――少なくとも明日のパンに、飴玉を買えるルーブルになる。

やつは死んだが、とにかく俺は生きていて、こいつらも生きていて、だから食べ物がいる。

それは、なんにも変わらない。

けれど俺はこの日、いくつかの教訓――学び《ミャーソ》というものを得た。

ひとつ。機械化兵《キボルグ》だって死ぬんだから生肉はもっと死ぬってこと。

ひとつ。撃ちたくないものに銃口を向けるもんじゃないってこと。

◆

その後は、転げ落ちるように、だった。

なにせ猫がいなければねずみは踊るなんて気分でいられたのは、その次の日だけ。

やつを始末してから一週間も経《た》たずに、やくざの兵隊《ブラトノイ》が周囲をうろつきだしたのだ。

連中と喧嘩《けんか》をしても生きてられると考えるほど、俺はバカじゃあない。

だからって無法者《ウゴローニキ》どもの世話になったら、これまでの繰り返しだ。

どっちも願い下げ。なら、やる事は一つだ。

俺はトカレフの遊底をどうにか元通りにしてズボンに挟むと、兵隊《パトサン》に言ってやったのだ。

「やつはどっかに行った。だから、この穴蔵の面倒は、俺が見る」

まあ、嘘《うそ》はついちゃいない。

実際、やつの体がどうなったかは知らない。両腕とカラシニコフは、オヤジが売っぱらった。

それに幸い、ブラトノイの連中はあの復員兵《ベテラノフ》よりは良い暮らしをしてたようだ。

ガキどもを追い出してまでマンホールを乗っ取りたがるほど、暇じゃないのかもしれない。

いずれにせよブラトノイの若い兵隊《パトサン》は「そうかい」と鼻を鳴らして、こう言った。

「仕事が欲しけりゃ、声かけな。回してやるよ」

そういう好意は素直に受け取るもんだと、俺は思っている。

ブラトノイはひっきりなしに抗争をしていて、四六時中誰かを追っかけているもんだ。

こんなやつをみなかったか。そう言われれば、俺は駄賃目当てにあちこちを探し回った。

最初の頃は素直に見つけては報告して、ルーブル札をもらって喜んだものだ。

けどオヤジが「バカだな」と俺を見て笑うのだから、これには俺も腹を立てた。

「だってよ。獲物を見つけたのに、他の猟犬にそれを教えて尻尾《しっぽ》を振るんじゃ、間抜けだぜ」

言われてみれば、確かにそうだった。

猟犬の使いっぱしりよりは猟犬、猟犬よりは猟師になった方がよっぽど気分が良い。

それにまあ、機械化兵《キボルグ》の寝込みを襲うよりは、まだ生き残る目がありそうだ。

二人目はまだちょっと緊張したが、どうにか遊底で手を切るバカはしないで済んだ。

四人目くらいになると、ちょっと弾を節約してよく狙うよう気をつける事をはじめた。

十人を過ぎた頃には、俺もようやくこれが《掃除屋《リクビダートル》》という仕事だと知った。

何でもやる。何でも片付ける。明日の労働英雄は君だ。

そうして稼いだ金で飯を買うと、俺はせっせと弟と妹たちの口に運んでやった。

なにせ残った子供の中で、一番年長なのも、苗字《みょうじ》を覚えてたのも俺だけなのだ。

俺だけ一人で旨《うま》いものを食って、ふんぞり返る、やつみたいな真似はしたくない。

だからみんな俺を兄貴と呼びだして、おまけにクラギンを名乗りだした。

マリーヤ・クラギン、ノーラ・クラギン、ワレリー・クラギン……て具合に。

「ダーニャ兄さん」

そして気がつけば俺は十五歳で、長い黒髪のマリーヤに揺さぶられて目を覚ますわけだ。

俺が赤く汚したソファは、とっくに廃品場からもっと良いやつに交換されている。

最高だと思った寝心地も、慣れれば大したことはなくて、飛び出たバネが背骨を押してくる。

その感触のせいで、最近じゃあんまりきちんと寝れた記憶が無い。

「……あん？」

俺が薄目を開けて身を起こすと、骨がバキバキと嫌な音を立てた。

「ノーラとワレリーが、お腹《なか》が減った、と」

自分の事を言わないのがマリーヤだが、やつが楽しみにしただけの顔は、頬がこけていた。

「パンがあったろ……」

「……昨日、全部食べてしまって――」

俺はじろりと居間の中を睨んだ。マリーヤがびくりと身を竦《すく》ませた。

片隅では、ノーラとワレリーがしょぼくれた顔をして蹲《うずくま》っている。

どろっとした目が、俺を見ていた。嫌になるような目だった。

「チッ。……ちょっと待ってろ《ティフ》」

十歳になる妹に一瞥もくれず、不機嫌なのを隠しもしないで台所に向かった。

台所——そう名付けたのは、どうにか調理器具らしいものを運んだ、土管の一つだ。

俺は煉瓦《れんが》を一つ二つ外してでっちあげた貯蔵庫から、凍りついたペリメニを引っ張りだす。

小麦粉を丸く練っただけで、具の無いものでも、形が整ってればペリメニに違いはない。

鍋に雪を放り込んで火にかけて溶かして湯を沸かし、その中にペリメニをぶち込んで煮る。

ニクロムの電熱線に色がつかない。俺はそいつを睨みつけ、赤く燃えるよう急《せ》かした。

鍋が煮えるまでの間に、俺はがぶがぶと水を飲んで空っぽの腹を黙らせる。

後はペリメニを引き上げて皿にぶちこみ、適当にスメタナ《サワークリーム》をかけてやる。

何と言っても、スメタナは腐らないのが良い。何ヶ月前のか知らないが。

「ほら、喰《く》え」

「わあい！　ダーニャ兄、ありがとう……!!」

現金なもので、短い黒髪のノーラはぱっと顔を輝かせて猫のように飛び出してくる。

こちらにじゃれついてくるのを振り払い、テーブルの上に皿を置いて、俺はソファに座る。

「兄貴、ありがとう。もう腹ァぺっこぺこでさ……！」

ワレリーは申し訳無さそうに言いながらも、スプーンを握ってペリメニを頬張《ほおば》っていた。

食卓につくのは、マリーヤが最後だ。

彼女は遠慮がちに皿のペリメニを口元に運ぶが、その手がぴたりと止まって、此方《こちら》を見た。

「あの、ダーニャ兄さんは……」

「……俺は良いから、お前ら食っとけ」

俺が手を振ると、彼女はしばらくためらった後、ぱくりとペリメニを口に入れた。

後は、無言だ。みんなガツガツと、皿まで喰いかねない勢いで無心に食べていく。

それよりも、俺はパンと小麦粉を買う金を稼ぐ必要があった。

——だがどうやって？

問題はそれだ。

《掃除屋《リクビダートル》》は、当たり前だが掃除するものがなきゃ仕事ができない。

ブラトノイの連中は絶え間なくドンパチやってるけど、それだって息継ぎの時間はある。

少なくとも十五のガキがトカレフで狙えるような、チンピラ程度は無視される時期だ。

オヤジがちょっと前に酔っ払ったまま道端で寝て死んだのも、ついてなかった。

信用できる取引相手ってのは貴重だって事は、失って初めてわかるもんだ。

おかげで、そうした時流ってやつを読めなかったガキはこのザマだ。

俺はソファに座り込んで、かつてカラシニコフがあった場所に立て掛けてあるものを見た。

――こいつ買ったのは失敗だったか？

だが、短機関銃《ペペシャ》はどうしたって必要だった――買った時は、少なくとも。

そろそろ機械化兵《キボルグ》の相手をする事も、考えにゃならないと思ったのだ。

これがなければ、機械化兵《キボルグ》を相手にしなくてもまだ食いつなげただろう。

これがあるせいで、機械化兵《キボルグ》を相手にしなくちゃならなくなった。

どっちにしたって、買えるものは、買える時に買っておかなきゃ、次はない。

――今もないな。

「おい、ワレリー」

俺が声をかけると、ワレリーはびくりと肩を震わせて皿から顔を上げた。

「仕事は終わったか？」

「うん、兄貴」弟はゼンマイのせいでついた親指の傷を舐めた。「弾は全部つめといたよ」

ナ《はい》！　元気よくワレリーが掲げたのは、丸くて平ったい金属の塊だった。

俺にはどうしてそれが樽型弾倉《バラバンコンセルヴィ》なんて呼ばれるのか、まるでわからない。

こんなのはどう見たって缶詰か、円盤《ディスコム》じゃあないか。

「よし」

俺はソファから立ち上がって廃材を組み合わせた食卓にいき、ワレリーから弾倉を受け取る。

こいつにはトカレフと同じ弾が七十発も詰まってる。それだけで一財産だ。

押し込む時にしくじると、中のゼンマイがはじけて指に当たりかねないのだけが欠点だが。

俺は引っ掛けてあったジャケットを着込むと、ペペシャに弾倉を装着し、肩から吊った。

そしてあの日拾ったのよりはだいぶんとマシなトカレフを、ジャケットの内側に押し込む。

最後に、仕事用の目出し帽《バラクラヴァ》をひっつかんで、ポケットにねじ込んだ。

マリーヤも、ワレリーも、何も言わない。何も言わないで、出かけようとする俺を見る。

俺は何度目かになる舌打ちをして、表に向かう。

「ダーニャ兄、いってらっしゃい！　獣も鳥も獲れませんように《ニプーハニペラー》！」

わかってるのかどうか、ノーラの苛立《いらだ》つほどに明るい声が、下水を這い出る俺の背に届いた。

失敗を祈れば悪霊は寄ってこないものだ。だからこっちだって、素直に答えちゃいけない。

「地獄に堕ちろ《クチョルトゥ》」

だってのに、口と舌はすらすら動きやがる。

◆

——その頃の俺は、ＫＧＢとＧＲＵの違いもよくわかってなかった。

今だってはっきりわかっちゃいないが、ＫＧＢは秘密警察で、ＧＲＵは軍諜報部《ちょうほうぶ》だ。

なのにお互いやってる事は同じようなもんで、だもんだからいつも飯を取り合っている。

そして悪いことに、俺が目をつけた相手はGRU——それも元スペツナズだった。

もっとも、俺はそんな事はさっぱり知らなかった。

ただの軍人崩れの無法者《ウゴローニキ》で、ただの機械化兵《キボルグ》だと思ってた。

それなら、前に殺った事があるってわけだ。

カプースタ《間抜け》。

そうでなくたって酔っ払いの薬漬けと、どっかのやくざ《ブラトノイ》の用心棒《ヴィシヴァラ》じゃ、モノが違う。

だいたい面も居場所もバレてるってのに、誰も相手してない理由を考えろ。

でも、その頃の俺には魅力的だった。つまり、そいつの値札が。

俺は俺なりに用心しいしい、猟師よろしく、慎重にそいつのねぐらへ近づいていった。

イワン——イーゴリかアレクセイ、ボリスだったかもしれない——には馴染《なじ》みの女がいた。

そして二日と間を空けず、イワンはそいつの所に通ってるらしい。

俺はイワンの共同住宅《クヴァルチーラ》、その窓をゴミバケツの影から睨みつけて考える。

狙うなら、行きか、帰り。

——行きだな。

浮き浮きさせかせか、早く女に会いたくてしかたない時の方が良いだろう。

肩透かしを喰うイワンには悪いが、胃袋も不機嫌そうに唸って同意してくれている。

俺は念の為その路地裏を、少しでも温かい寝床を探す子供みたいにうろついて回った。

満足がいくと、ポケットから取り出した目出し帽をぐいと顎の下まで引っ張って被《かぶ》る。

そしていい加減ペペシャの吊帯が肩に食い込んで、ひどく痛いことに気がついた。

俺はペペシャをゴミバケツの中に放り込んだ。凍ったピロシキの臭いか何かが漂った。

そして腕を組み、ぶるぶると全身を震わせながら、壁にもたれかかって――待った。

意味もなく見上げると、屋根の向こう、モスクワの北にそびえ立つ巨大な塔が見えた。

オスタンキノ・タワー。

モスクワにいれば別に探さなくたって、この世界で何番目だかに高い塔の場所はわかる。

塔からははみ出た腸みたいに、電信線が街中の端末《テルミナル》を繋《つな》ぎ止めているからだ。

そして俺たちを見張っている。

たぶん今も俺を見ているんだ。

俺は両手を袖の中にしまって、腕を組んだ。歯が鳴りそうになる。腹がぐるぐると唸った。

時計なんて持っていない。どれくらい待てば良いか、どれくらい待ってるのか、わからない。

欲しい欲しいとわめいていたのはノーラだったか、マリーヤだったか。たぶんノーラだ。

ノーラはいつも騒ぐ。ワレリーは調子の良いことをいう。マリーヤはじっと黙って俺を見る。

腹が減った。あれが欲しい。これが足りない。ダーニャ兄。兄貴。兄さん。いらいらする。

「誰のおかげで……」

俺は奥歯を噛んだ。なんで俺はこんなところでこんな事してるんだ。寒い。腹が減った。

会ったこともないイワンを、ぶっ殺してやりたくてたまらなくなる。

だからフォトテレグラフの粗い印刷でしか知らない顔を玄関で見た、俺の動きは素早かった。

「よお　屑鉄野郎《ブリヴィエットメタロォム》!!」

だけどイワンの動きは稲妻みたいに早かった。

たぶん――というのは後でイワンと似たような動きをしたやつを見て、想像できたからだが。

たぶん、やつは上着の襟元《えりもと》に手を突っ込んで、そこからナイフを引き抜いて構えたのだ。

それを俺が「よお」と言った瞬間にはやってのけ、俺はトカレフをやっと持ち上げたところ。

当然、俺は魔法のようにナイフがやつの手に現れたようにしか見えなかった。

妙な飛び出しナイフだなと思ったんだ。別に間違っちゃいなかったけれど。

瞬間、バチンとなにかが弾《はじ》ける音がして、その刃がカッ飛んだ。

外れたのは、なんてことない。俺はイワンが銃をぶっ放してくると思って、転げてたからだ。

先手を取ったと大喜びしてトカレフを撃ってたら、たぶん死んでた。

でも此処にはイワンの大事な温水パイプはない。だから俺は避けた。だから俺は助かった。

背後のコンクリートにナイフが刺さって罅《ひび》割れ、瓦礫《がれき》が頭の上にぱらぱらと落ちてくる。

ガラガラとゴミ箱が横倒しになって音を立て、イワンがこっちを義眼で睨んだ。

「失せろ《カーティス》、ガキめ《パッサン》！」

そんな事はしたくなかったんだが、俺はしょうがないのでトカレフの銃爪《トリッガー》を弾いた。

バキリと音がして弾丸は共同住宅《クヴァルチーラ》の壁にぶち当たり、イワンは消えた。

きぃんと耳が鳴るのは、やつの高速転位の駆動音だろう。

俺はまったく無意味だとわかっていながら、転げたゴミバケツの影に飛び込む。

ゴミの中に手を突っ込むと、ぐちゃぐちゃとした柔らかい感触の奥に、硬いもの。

俺はそれを握りしめる。やつが地面に降り立つ。銃爪《トリッガー》を絞る。

薄っぺらなブリキをぶち抜くと、耳がバカになっちまうような音が響くもんだ。

後先考えず損得抜きでぶち撒《ま》けたペシャの弾丸は、狭い通り一面に広がった。

初めての閃光《せんこう》も轟音も衝撃も、俺の頭から体から揺さぶって、まったくわけがわからない。

俺がようやく息を吐いたのは、七十発を吐き出したペシャがゲップをした時だ。

路地は雪と排煙に混ざって、真っ黒な火薬の臭いが、ぷんぷんと漂っていた。

共同住宅《クヴァルチーラ》の壁はあちこち削れて、窓も少し割れていた。

他の住人が騒がないのは、こんなのは日常茶飯事だからだろう。

俺は、よろよろと立ち上がって、どうにか煙の向こうを見ようと目を凝らす。

ぐっちゃぐちゃに挽き潰《つぶ》れたピロシキの向こうに、それとそっくりな屑肉《ファーシュ》が転がっていた。

機械と肉と骨をかき混ぜたら比喩抜きでこうなる、って塩梅《あんばい》だ。

それでも人の形は残っていたし、俺にはそれがイワンだって事もわかった。

――だから、ペペシャがほしかったんだ。

俺は、得体のしれぬ汚れでべちょべちょになった短機関銃を、ジャケットの袖で拭いた。

弾が無いのはわかりきっていたので吊帯を肩にかけ、トカレフを構える。

一発、俺はイワンらしき屑肉に銃弾を撃ち込んだ。反応は無い。

「……こんなもんか？ 」

当然、答えも無い。

あっさり殺れた、なんて思わないで欲しい。そうでなきゃあ、俺は死んでたんだ。

俺は自分の上着と、帽子の下が、ぐっしょりと濡れていることに気がついた。

息苦しかった。蹲《うずくま》って、げえげえと吐きたい気持ちだった。

殺したからじゃない。当たり前だ。死ぬかと思ったからだ。それだって当たり前だ。

俺はそろそろと倒れたイワンに近づいた。イワンは、どう見ても死んでいた。

七十発のうち何発がやつにあたって、そのどれが致命傷だったのかはわからない。

子供が短機関銃を持ってると思わなかったのか。それとも路上暮らしで機体ががたついたか。

あるいは本当に、女に会いに行くので浮ついていたせいだったのかもしれない。全部かも。

でも機械化兵《キボルグ》だって死ぬことは、俺はよく知っていた。

それよりも七十発分の弾代を引いて、どれぐらいのルーブルが残るのか気になっていた。

そしてそのウチのどれだけが弟と妹たちに奪われるのかを考えた。

この繰り返しがどれくらい続くのかを考えた。

俺は目出し帽を引っ剝がすと、ぐしぐしと頰と、目を腕で擦った。瞬きを数度、繰り返す。

そうしていると、こつんと足がなにかを蹴《け》っ飛《と》ばしたことに気がついた。

俺が拾い上げたそれは、穴が空いた事を除けば、きれいな布張りの小箱だ。

開けてみると、小指の先よりも小さな宝石のついた指輪が入っていた。

俺は少し考えると、蓋を閉めて、それをイワンの残骸の奥の方へと押し込んでやった。

たぶん……興味があるのは、こいつについてる値札だけだったからだろう。

それ以外まで、盗む気はなかったのだ。

◆

その後は、走り通しだった。

なにせどっかのバカが「やったのぼくです」だとか言い出したら参るなんてもんじゃない。

俺はすぐに公衆電話《テリフォーン・アフタマート》へと飛び込んだ。

ポケットを漁《あさ》る。ほんの少しの貨幣の感触を指先が探り当てた。やったぜ。

箱の中央に鎮座している銀色の筐体《きょうたい》へコペイカを放り込み、中央のダイヤルを回す。

右上のスピーカーからジリジリと音が鳴り、マフィアの若頭《ブリガティア》の声を流した。

『どうした?《シトースタボイ》』

「イワンを殺った」

『誰だ』

「ダーニャだ」と俺は片隅のマイクに怒鳴った。「ダニーラ・クラギン」

『お前じゃねえ』不機嫌な声。『どのイワンだ』

「用心棒《ヴィシヴァラ》」俺は付け加える。「百ルーブル」世界だって買えそうな値段。

『上出来だ《ズドロヴァ》。明日、金を取りに来い』

そしてブツンと音を立てて通話は終わった。きっと明日までに若頭は裏取りするのだろう。これで明日には金が手に入る。それまでは金が無い。

――チッ《ティフ》。

俺は舌打ちをして、ペペシャを肩に引っ掛けたまま電話ボックスから走り出した。組の用心棒の一人を殺った馬鹿《ばか》なガキの《掃除屋》が、現場近くに立っててみろ。寄ってたかって殴られて、まともに死ねたなら運が良いってもんだろう。

右を走り、左を走り、路地を駆け巡るうちに息苦しくなって、目出し帽を引っ剝がす。いや、引っ剝がそうとしたつもりだった。目出し帽はとっくにポケットの中だ。

俺は、息を吐いた。

狭苦しいコンクリートの建物の隙間《すきま》、ネオンがぎらつき、灰色の雪が降《ふ》り注《そそ》ぐ。

その中を、どうして俺はこんな息を切らして走らなきゃいけないんだ？

疑問が頭をよぎって足を止めたのは、ゴーリキー通りに出た頃だった。

既に夕闇《ゆうやみ》は押し寄せていたけれど、まったく暗くないのはネオンのおかげだ。

「懐中《カルマンヌィ》映写機《プロエクトル》　回転電視機《スノーヴァテレヴィザル》　一九七〇一〇二四　ゾンド八号月面着陸《プリルニィツァ》」

「おい、誰か変なものを落としていったぞ」

「労働者よ、安いパンを買おう！　あらゆるパンが農産物加工企業連盟《モスセリプロム》で手に入る！」

「繊維産業省から女性の皆さんへ！　完璧《かんぺき》で衛生的なナイロンストッキングのお届けです！」

「密造酒はあなたを墓場へ送ります。正規醸造所の安全で合法的なお酒を飲みましょう！」

「最先端電子集積回路《LSI》ゲーム！　イリヤー・ムーロメッツ大尉が資本主義者の陰謀を砕く！」

「最も健康的で美味なアイスクリーム《マロジェニニェ》。GOST《国家標準規格》認定済！」

「マヨネーズはあらゆる食品にあう万能調味料です。瓶は小売店に返却できます。食品産業省」

ざらついた無機質な合成音声の宣伝文句が、目に刺さる光の広告と混ざって濁流になる。

俺にわかるのは音声だけだ。それだけでも、くらくらと目眩《めまい》を起こしそうなほど。

クレムリンにも繋がるこの通りは、いつだって賑わっている。

食い物、服、酒、それ以外のお楽しみが、ぎっしりと詰め込まれているのだ。

だから、それを密《ひそ》かに——みんな知ってる——見張ってる民警《ミリツィア》も多い。

俺はあと一歩踏み出せばゴーリキー通りに入れるのに、立ち止まっていた。

目が痛くなるほどの輝きと賑わいを、俺は黙ってじっと見つめた。

そしてくるりと背を向けて、また路地の中に走り出した。

雪は嫌になるほど降っていて、肺に取り込む空気は突き刺すように冷たい。

だがそれでも、あの繁華街の中に行くよりはマシなように思えたのだ。

そして逃げ込んだ路地には――女達がいた。

そこは繁華街の裏側、通りを一つ隔てただけで、嘘みたいに静かでがらんとした路地だった。

寂《さび》れた――けれど俺の巣穴に比べれば上等な――共同住宅《クヴァルチーラ》が幾棟も並ぶ。

そのあちら、こちらに、ちらほらと女が立ったり、座ったりして、思い思いに過ごしている。

俺だって別に馬鹿じゃあない。

彼女たちが、「我らが祖国のテレビ《テレヴィザル》には存在しない」仕事中だって事くらい知っている。

《掃除屋》と同じだ。あるいは俺と同じ。

ブラウン管からどんなに頑張って消したところで、ホントにいなくなるわけがない。

だけどとりあえず目に入らなければそれで満足するのだから、馬鹿みたいな話だ。

そうして電脳網から、ブラウン管から、文章から、駅前から追い払われた、そんな彼女たち。

俺は両手をポケットに突っ込むと、黙って、その通りを歩いていった。

明日までをどう過ごすにしたって、残り僅《わず》かなコペイカは全部俺のものだ。

明日手に入れたルーブルは食《く》い潰されてしまうにしたって、今ある金は俺のものだ。

だから、そう――別に足を止めるつもりなんて、まったくなかったんだ。

「あ、あの《エイテ》……」

――誰がこんな女の子を好きになるもんか。

そう思ったのを、よく覚えている。

鉛色に重苦しく濁った空から、灰色の雪がはらはらと舞い散る下。

巨人のはらわたみたいにデカい金属の温水パイプが蠢く、その谷底みたいな路地。

彼女は共同住宅《クヴァルチーラ》のアプローチに座って、数字の書かれた靴裏を見せていた。

歳は――十五歳かそこら、同い年ぐらいだろう。

もっとも、俺だって自分の歳ははっきりわかっちゃいない。

妹よりは年上で大人びているけど、俺よりも上って事はないだろうと、そう見当をつけた。

短く切ったくせっ毛は色の薄い金髪だけど、積もる雪のせいで濡れてしまって、台無しだ。

そのせいで白い肌も薔薇色の唇も、何もかもが青ざめた紫に染まり、凍えきって震えていた。

なにせ彼女の服はダブついた肩を安全ピンで留めて、それでも裾の短い白いワンピース。

恥じらいか寒さのせいか、彼女の片手は時折裾を伸ばそうと無駄な努力をしている。

その腕の小枝みたいな細さときたら。それでもふっくら、柔らかそうなのは不思議だった。

もちろん、俺だってそう褒められたものじゃあない。

俺はくたびれきってた。痩せてたし、腹も減ってた。数日前から何も食べていなかった。

最後の小麦粉でペリメニをこさえてやったら、弟と妹たちががっついて食べたせいだ。

俺の分は一口も残らなかった。水をたらふく飲んで誤魔化して。今日も走り通しだった。

肩から下げた短機関銃《ペペシャ》が重かった。ジャケットを通り越しても、吊帯が食い込む。

ジャケットといえばこれがひどくつっぱるし、懐の拳銃《トカレフ》は銃把《グリップ》が肋骨に当たって痛い。

だっていうのに、彼女はじっとこちらを見つめてくるんだ。

長い睫毛には霜がついていたし、せわしなく瞬きをする目はかわいそうなくらい赤い。

雪の中にいる兎かな、と思った——もっとも俺は、兎なんて見たことはなかったけど。

「よ、よかったら……その……。あたたまって、いかれませんか……?」

俺は寒くて、腹が減っていた。ポケットの中には小銭《コペイカ》が少しだけ。

だから、言ってやったのだ。精一杯に声を尖らせて、つっけんどんに。

「ティフ……《チッ》」俺は舌打ちをしてみせた。「金なんか持ってないぞ」

「あ、えと、その——……」

だっていうのに、その女の子は微笑んで。

「あなたのお金と、私のお金、合わせれば……少しは具の入った、ボルシチが作れますから」

——そう言ったんだ。

俺は、立ち止まった。イワンの事を考えた。

「言っとくけど」と俺は言った。「機械化《キボルグ》する余裕だってないんだ」

「……」

「泣いたって、知らないぞ」

「はい《ダー》」

彼女は、ほぅと息を吐いた。見る間にそれが、白く凍る。

「乱暴にしないでくれれば、それで……」

「……」

ポケットにあるのは俺のコペイカだ。明日になればルーブルも手に入る。

それは俺の金だ。間違いなく、俺の金だった。

「……チッ《ティフ》」

俺は彼女と一緒に、今にも崩れそうな共同住宅の中に入った。

思えば、掃除以外でこんな所に踏み込んだ事はなかった。それも女の子と一緒に。

だが、俺はその家の間取りは、どこになにがあるのかまで手にとるようにわかる。

モスクワの共同住宅は、ほんの数種類の部屋と、ほんの数種類の鍵《かぎ》しか存在しないから。

狭い部屋。寝台と洗面所みたいな台所しかない、小さな部屋。

けれど片隅には小さな備え付けのストーブがあって、その上に湯沸器《サモワール》が置かれていた。

「私の部屋ではないの」と彼女は恥ずかしそうに微笑む。「でも、これは自分で買ったのよ」

そんな事はどうでも良かった。俺は押し付けるように彼女にコペイカを渡した。

女の子は目を瞬いた後、冷たい頬を淡く染めて貨幣を握りしめ、こくりと頷く。

「ど、うそ《ニュヴォット》……？」

俺は初めてキスをして、初めて女の子を抱きしめた。

彼女は何をどうして良いかわからないらしかったが、俺だって似たようなもんだ。

乾いた製品二番の付け方もわからず、最後には、彼女が湿らせるために舌で舐めた。

そして顔を赤くした彼女と二人で、破かないよう、どうにか、つけた。

これほどバツの悪い思いをしたのも初めてだったが、けどその後に比べればなんでもない。

女の子は柔らかくて、温かくて、甘い匂《にお》いがするってことも、俺は知らなかったんだ。

彼女たちは毎日体を洗うというのは、きっとホントなのだろうと思う。

そして俺は初めて、ベッドの中で女の子から名前を教えてもらった。

スターシャ。

彼女は俺の下で子猫みたいに身をくねらせながら、そう俺に囁《ささや》いた。

細い腕が俺の首に回って爪が背に食い込むのを感じながら、俺も真っ赤な耳に名前を教えた。

人に名前を名乗るのが、こんなに温かくなるものだなんて知らなかった。

ダーニャ、ダーニャ、と。彼女がひくつき、身を震わせ、とぎれとぎれの掠《かす》れ声をあげる。

俺は、栓を抜く事で必死だった。だめ《ニェット》、だめ《ニェット》というささやき声は、その反対だ。

だけどそれでも、我を忘れたわけじゃない。俺は歯を食い縛って、必死だった。

優しくする——何をどうすればそうなるのかは知らないが——そういう約束だったから。

夢のようだった。

目が覚めた時も、そう思っていたんだ。都合の良い夢。

腕には女の子の温《ぬく》もりと重さだけが残っていて、そこに彼女の姿はなかったのだから。

——イワンの気持ちもわかるな。

けれど俺は、自分が何を見ているのか、すぐに気がついた。

光。窓から差し込む、針のように細い光。朝日。

太陽の光を浴びて目が覚めた事なんて、生まれて初めてだった。

そして自分がいるのが寝台の上だと気づいた時、俺は飛び跳ねるように上半身を起こした。

「あ、目が覚めましたか、ダーニャ？」

都合の良い夢はそこにいた。

スターシャは小さな紙袋を大事そうにかかえて、戸口に立っていたのだ。

昨日のワンピースとは違って上着を羽織り、その肩についた雪を払って、彼女は微笑む。

「チェルキゾフスキーの闇市《やみいち》まで行って、買い物をしてきたんですよ」

路面電車に乗るのも久しぶりで、なんて言葉は、もう聞こえなかった。

俺は——正直に言えば、何を言ったのか、覚えていないんだ。

待っていてくださいねという言葉を馬鹿みたいに聞いて、ベッドに腰掛けぽかんとしていた。

スターシャはといえば、てきぱきとエプロンをつけて、あっという間に料理をしはじめる。

気がつけば今まで嗅いだ事もないような良い匂いが漂って、俺の胃袋が声を上げた。

「ふ、ふ……」くすくすと、鈴を転がすような笑い声。俺は「ティフ《チッ》」と舌を打つ。

「すぐにできますから。まだダメ《ニェット》ですよ」

同じ言葉でも、朝と夜とで、彼女が口にすれば呪文のように違って聞こえるものだ。

そして小さなテーブルの上に湯気を立てたボルシチが並ぶさまは、魔法のようだった。

「さあ、どうぞ？」

「……ああ」

人生で一番旨いものを食べたと、思う。

俺はスプーンを文字通り握りしめて、野良犬みたいにがっついて、それを喰った。

もっと大事に喰えば良かったんだが、ビーツと肉の欠片《かけら》が浮いただけのそれが、旨かった。

涙が出るほどに、旨かったんだ。

スターシャはそっと微笑んで、上品にスプーンを使ってボルシチを口に運んでいた。

先に喰い終わった俺は、その姿をじっと眺める事までできたんだ。

彼女自慢のサモワールから、欠けた茶器に注がれたお湯を飲みながら。

「あの」とスターシャがその瞳《ひとみ》を瞬かせる。「あんまり見られると、恥ずかしいですよ？」

「悪い」

俺はぶっきらぼうにそう言って、けれどそれ以外に何を言えば良いか、わからなかった。

昨日の夜の事を話す気はなかった。話したら、全部このまま消えてしまうように思えた。

かわりにふと、自然と心に浮かんだものがあった。

落ち着いて、満腹で、暖かくて、だからこそ何の躊躇《ためら》いもなく、それは言葉になった。

「……なあ、まだボルシチってあるのか?」

「おかわりですか?」

「いや」

さっとその白くて可愛《かわい》い尻《しり》を椅子《いす》から浮かせたスターシャに、俺は首を横に振った。

「弟が一人と、妹が二人いるんだ」

「あら」スターシャは目を丸くして言った。「もちろんです! 」

◆

別にそれから何か、上手くいくようになったわけじゃあない。

ただ、俺は百ルーブルをちゃんと使う事ができたんだ。世界は買えなくても、俺にはでかい。

俺はまず巣穴をもうちょっとマシにするため、あれこれと工夫する所から始めた。

ボルシチを持って帰るのにどうしてかついてきたスターシャが、目をとがらせて言ったのだ。

「ダメです《ニェット》！」

まったく、同じ言葉なのにどうしてこんなに効果が違うんだろう？

きっと彼女の声は全部呪文で、彼女は魔女に違いないんだと、俺は真剣に考えたものだが。

「女の子もいるんなら、気を使ってあげないと」

と言うので近くの土管を掃除して、ネズミを追い払い、整えて、都合四つの部屋を拵《こしら》えた。

つまりは、俺と弟と妹たちの部屋だ。

そうなると今度は家具が必要になるわけだが、これについてはすぐに話が進んだ。

若頭に金をもらいに行く時、故買屋を紹介してもらったのだ。

もちろん、仲介金を渡して。そうするもんだと、だいぶ前にオヤジから言われていたから。

「資本主義は崖っぷちだ」とオヤジは言ったものだ。「金も払わん奴はその一歩先さ」と。

俺はガキの癖《くせ》にと小突かれて、笑われて、それから紙切れに住所を走り書きされて渡された。

紹介された故買屋はオヤジより目が厳しく、ぶっきらぼうで、でも儲け方をよく知っていた。

おかげで俺は廃品回収を再開できた。弟と妹たちにも仕事を回してやれた。金が、稼げた。

部屋が暖かくて住みよくて居心地が良くなった。

飯もどうにか食えるようになってきた。

そうすると不思議なもので、いろんな事が目に入ってくるようになった。

時計を欲しがっていたのはマリーヤだった。俺の妹は機械が好きらしい。知らなかった。

ワレリーは車に夢中だ。俺がパルプ雑誌を拾ってくと、車の写真ばっか切り抜きやがる。

ノーラはといえば、可愛いもの、服やら飾り、それからお菓子に目がない。タルトレトカ。

読み書きを覚えろよと、俺は言ってやった。あと数学も。

今度、教本でも探してやろう。俺がそう言うと、みんな心底驚いたっけ。

「良いんですか、ダーニャ兄さん」

マリーヤは遠慮がちに、その表情の乏しい顔一杯に心配を描いて、俺の袖を引いたもんだ。

「私達、別にそんな……もう、十分なのに」

「良いから」と俺は言った。「兄貴に任せとけ」

自分のことを「兄」なんて呼ぶのは、こっ恥ずかしいものだ。

それにマリーヤは頭が良い。

けど、学校へは行かせてやれない。俺たちは国内旅券《パースポルト》を持たない、存在しない人間だから。

かわりに好きなだけ勉強できるようにしてやるのは、俺のつとめって奴だろう。

そうして新しい目標ができると、不思議と足が弾む。前へ進んでいく。

目標。

スターシャ。

「あー！　ダーニャ兄、またスターシャ姉のとこに行く気でしょ!!」

ノーラにはすぐにバレて、さんざんにからかわれたものだ。

俺たち兄弟妹の中でノーラにバレるってことはつまり、全員にバレるってことだ。

マリーヤは冷たい目で見てくるし、ワレリーはどうして良いかわからずぽかんとしていた。

けど、スターシャに勝てるわけがない。

そんなわけで、俺は仕事の前後にはスターシャの所に通うようになった。

スターシャに会うには金がいる。金を持っていくべきだ。当たり前のことだ。

弟にも妹たちにも腹いっぱい食わせてやりたい。服もそうだ。欲しい物も、買ってやりたい。

「兄貴、俺も手伝うよ」なんて、ワレリーは神妙な顔をして言う。「俺だって男なんだし」

「馬鹿こけ」と俺はワレリーを小突いて笑った。妙に嬉《うれ》しかったんだ。「ガキの癖して」

俺は金を稼いだ。

ただ毎日食いつぶしていく為以外の金を稼ぐ日があるなんて、思いもしなかったものだが。

イワンの値札は、ガキの俺が思った以上に大きいものだったらしい。

俺は《掃除屋》として、仕事を回して貰《もら》えるだけの事はやったわけだ。

走って、撃って、殺されそうになって、殺して、金をもらって、また次の日へ。

繰り返しは変わらない。変わらないけど、だいぶマシになった。

ヤバくなかったわけじゃあない。死にかけた事だってある。何度も。

だが、ノーラとマリーヤが血が出たって大騒ぎして泣き出した時に比べりゃあ、マシだ。

核弾頭が降ってきたような気持ちで、俺とワレリーはスターシャに助けを求めたっけ。

スターシャ。

——誰がこんな女の子を好きになるもんか。

そう思ったのを、よく覚えている。

ただ、時と場合によっては、人はヤギにだって惚《ほ》れ込《こ》むもんだ。

訂正しよう。

誰がこんな女の子を好きになるもんか。俺以外で。俺の家族以外で。

だから、そうだな。

別に何か、奇跡か魔法みたいに上手くいくようになったわけじゃあない。

俺たちは、どうにかこうにか上手くやったし、やっていった。これから先もそのつもりだ。

おかげで、俺はまだ生きてる。俺たちは生きている。

つまりこれは、そういう話なんだ。

掃除屋稼業

「来い《ダヴァイ》、来い《ダヴァイ》、来い《ダヴァイ》、来い《ダヴァイ》……！」

俺《おれ》は汗でじっとりと湿った目出し帽《バラクラヴァ》の下で、ぶつぶつと呟《つぶや》いた。酷《ひど》く、暑い。

ホテルのスイート。俺の傍《かたわ》らで熱を吐く、見たこともないくらい立派なストーブのせいだ。

俺は明かりの消えた部屋で一人、まるでベーコンみたいにじりじりと炙《あぶ》られていた。

停電はモスクワでは良くあることだ。雪のせいだ。電線は雪の重みに耐えきれない事がある。

時々は。俺はそう考えた。人生とか、仕事みたいなもんさ。

だが、これはそうじゃない。これは奴《やつ》らの仕事で、俺の仕事でもあった。

俺は目出し帽の隙間《すきま》から指を入れて頬《ほお》を掻《か》きたくなった。でも、それをぐっと堪える。

その何もかもが無駄な気もした。だが、無駄とはつまり、余裕だ。余裕とは安心の事だ。

部屋のど真ん中に突っ立ってる人間と、ストーブの傍《そば》に蹲《うずくま》っている人間。

暗視装置《PNV》の熱線映像がそれをどう区別しているかを、俺は知らない。

だが何もしないよりはマシだ。無駄の積み重ねが俺の命を繋《つな》いでくれている。

――少なくとも、これまでは。

やれるだけやるしかない。俺は相変わらず進歩がなかった。

「……チッ《ティフ》」

聞こえてくる足音は七。嫌な数だった。縁起が悪いにも程がある。

七がコマンド部隊の基本戦闘単位である事は、《掃除屋《リクビダートル》》の常識だ。

十五のガキなら知らなくても、二十四のダニーラ・クラギンなら当然知っている。

足音のうち重いのは五。軽いのは二。忌々《いまいま》しいが、まだ状況は最悪ではないらしい。

機械化兵一個分隊より、生肉《ミャーソ》まじりの方が楽ではある。一応は。まだ。

やがて足音がぴたりとドアの前で止まった。俺は息を吸い込み、銃把を握り直す。

俺は古びた短機関銃、すっかりと手に馴染《なじ》んだその銃口をぴたりとドアに向けていた。

ドアノブがガチャガチャと音を立てる。来い《ダヴァイ》。罠《わな》なんて無いさ。

薄く蝶番《ちょうつがい》が開く。ドアが動く。縦線一筋の隙間。覗《のぞ》く白い防弾服。髑髏《どくろ》めいたヘルメット。

「畜生《サバーカ》！　やっぱスペツナズじゃねえか!!」

俺は銃爪《トリッガー》を絞り、ホースで水を撒《ま》くように徹甲弾を吐き出させた。

ぺぺシャ《殺せ》。ぺぺシャ《殺せ》。ぺぺシャ《殺せ》。恨まれない程度に。

「グワッ!?」

「ギャッ!?」

暗闇《くらやみ》に火花が散って悲鳴が上がる。うち一人の防弾服から潤滑油が吹き出るのがわかった。

そしてそいつの手から金属の卵が零《こぼ》れ落ちて、プシッと鋭い音を上げるのも、だ。

「《掃除屋《リクビダートル》》!!」

「くそが《ブリャーチ》！」

俺は余裕も無いのに毒づいて、転げるように走り出した。もちろん、窓に向かってだ。

「行け行け行け《イディイディイディ》!!」

背後からは轟音《ごうおん》と共に、赤い火線が牙《きば》を剝《む》いて襲いかかってくる。

デジニトクマッシ六三式水平二連装突撃銃《アバカン》が重金属弾をばら撒いたのだ。

生身なら反動で腕が吹き飛ぶだろう化け物銃も、機械化兵《キボルグ》ならば話は別だ。

上等な調度品やストーブが木端微塵《こっぱみじん》に引き裂かれ見慣れた姿になる中、俺は窓を蹴《け》り破る。

鍵《かぎ》をかけておくような馬鹿《ばか》な真似《まね》はしていない。楽なもんだ。

「あばよ、同志諸君!!」

次の瞬間、毛足の長い絨毯《じゅうたん》に転がった手榴弾《RGD・5》が炸裂《さくれつ》し、俺はモスクワの夜に飛んだ。

大気は斬りつけるように鋭く、寒い。穴の空いた防弾服なら尚の事だ。

——繕ってもらわにゃならんな。

だが、スターシャにそれを頼むのはなかなかに難しそうだった。

何しろ怒ったスターシャは、スペツナズよりもおっかないのだ。

◆

「ダーニャ。……………ダーニャ？」

最高の目覚ましは、どうしてかいつだってもっと眠っていたいと思わせるもんだ。

俺の体をそっと撫《な》でる、白く、細く、柔らかな腕。

磁器の人形を扱うような慎重さで、俺は彼女のすらりとした手首を優しく握る。

折らないように気をつけて、そのままシーツの中に引きずり込もうとすると——……。

「ダーニャ、ダメですよ。もう朝《ニェット》なんですから」

スターシャはくすくすと笑って、指を微《かす》かに絡《から》めた後、するりと猫のように逃げてしまう。

俺は観念して瞼《まぶた》を持ち上げ、まだ彼女と俺の温《ぬく》もりの残ったベッドから身を起こした。

柔らかな絨毯。上等なベット。窓を覆《おお》うカーテンも何もかも、かつての共同住宅《クヴァルチーラ》とは大違い。

ただ三つ。俺と、彼女と、小さなサモワールだけが変わっていなかった。

「朝なんてのは毎日必ず来るもんだぜ。昼に届く牛乳と同じ。珍しくも何ともないじゃないか」

「あら？　朝日は一日に一度しか見れないのよ。それって、とっても貴重じゃないですか？」

いつだってスターシャの言葉は正しい。間違っていた試しがない。

白い肌を同じくらい真白いシーツで包んだスターシャは、微笑《ほほえ》んでカーテンを開ける。

鈍い鉛色の雲と透き通った窓を貫いた朝日が、スターシャの銀髪を煌《きら》めかせた。

かつての痩せっぽちだった少女は、その面影と繊細さを保ったまま、今や美の女神だ。

どこをどう触ったって骨ばった所といえば、脇腹《わきばら》くらいしかなくなってしまった。

ごつごつとした指で肋《あばら》を撫でると子猫みたいに身を捩《よじ》るが、それすら申し訳なく思うものだ。

いや——しかし、美の女神か。我ながら陳腐な表現に悲しくなってくる。他に何かないか？

「なんだっけか……白鳥が、美人になる奴。有名な……前にスターシャが演った——……」

「白鳥の湖《レベディノウェ・オゼロ》？」スターシャが口ずさむ。「十六歳の時の？」

「それだ」俺は頷《うなず》いた。「あれは綺麗《きれい》だったな」

「ありがと《パシーブキ》」

スターシャはにこりと微笑むと、まさに踊るようなステップでサモワールに向かった。

常にも増して動きが軽《かろ》やかで上機嫌に見えるのが、俺の言葉のせいだったら良いと思う。

彼女は何でも演る。バレエも、オペラも、とにかく俺にはよくわからないものを、全部。

どれだって俺にはちんぷんかんぷんだが、スターシャが最高な事だけは確かだ。

その小さくて大きな最高の尻《しり》をふるりと揺らしながら、彼女は茶葉の缶詰を手に取っていた。

「お茶で良いですか？」

「ああ。……なあ、スターシャ」

「なんです？」

可愛《かわい》い尻が引っ込んで、可愛い顔がひょこりと覗く。

俺はたっぷり数秒かけて彼女を見つめた後、努めて何でも無い事のように、言った。

「おはよう《ドーブラエ　ウートラ》、スターシャ」

「ええ、おはよう《ドーブラエ　ウートラ》、ダーニャ！」

俺の好物はボルシチだが、紅茶だって別に嫌いなわけじゃあない。

グラズニヤ《目玉焼き》とトースト。それかブリヌイ《パンケーキ》に蜂蜜があれば尚の事。

なんにしたってスターシャが作った朝食が、マズいわけがないものだ。

テーブルについた俺がたっぷり時間をかけて堪能するのを、スターシャはにこにこと眺める。

そして、そっと身を乗り出して問うのだ。

「ダーニャ、無理していませんか？」

俺はスプーンに乗ったジャムを舐《な》めしゃぶると、紅茶を一口飲んで、首をかしげた。

「満足《ドウラーク》できなかったんなら、俺の努力不足だよな」

「馬鹿」

キスでもするみたいに彼女は唇を尖《とが》らせた。

「ダメよ、ダーニャは生身なんですから。私よりも、機械化《キボルグ》の方にお金を使った方が――……」

ふむん。俺はスターシャの部屋の豪華な椅子《いす》によりかかり、その背もたれの具合を確かめた。

どう考えたって機械化《キボルグ》の重量には耐えられるとは思えない。

いや、機械化兵が来た時はそのための椅子を持ち出すのだろうか。

だとしてもスターシャの細い体の上に機械化兵が伸《の》し掛かるのは、気分の良い光景じゃない。

「良いんだよ。俺は生肉《ミャーソ》の方が好きなんだ」

俺はそう言ってカップを持ち上げ、ソーサーにこぼれた茶を啜《すす》った。

「仕事の方だって、きちんと選んで受けてる。心配はいらねえよ」

「またそんな事を言って。危ないお仕事しているの、わかっていますからね？」

「そりゃあ《掃除屋《リクビダートル》》稼業が危ないのは、そうさ」

スターシャはカップの穴に指を通さない。だから整った爪先までの動きが、よく分かる。

彼女は音も立てずにカップをソーサーに置く。俺は笑った。

「それでも信頼できる筋から受注してるんだ。大丈夫だって」

「マリーヤちゃんでしょう？」

その名前を呼ぶ時、スターシャの表情と声は、二割増に柔らかいものにかわる。

マリーヤ、ノーラ、ワレリー。俺の名前を呼ぶ時とは違う、声と顔。

けれどスターシャに言わせると、俺もあいつらの名前を呼ぶ時は普段と違うのだという。

どうだろう。俺にはわからない。でも、俺はその時のスターシャの顔が、やはり好きだ。

「あんまり、迷惑かけてはダメですからね」

「わかってるよ」

……もう。スターシャが頬を膨らませる。大丈夫、わかっているさ。

俺は音を立ててカップを置く――どうすれば音を立てずに済むんだ？――と立ち上がった。

茶を飲み終えたら、もう時間だ。行かなくちゃあいけない。どんなに名残惜しくても。

俺はトカレフを手にとって、それを注意深く懐《ふところ》に押し込んだ。

丁寧に畳んでくれた防弾服を着込みにかかると、スターシャがその体を擦り付《つ》けてくる。

指先が防弾服に空いた穴に入り込んで、俺の脇《わき》を優しくくすぐった。

「しばらくしたら、また来てくださいね。待っていますから」

「ああ」

「怪我《けが》をしたら、怒りますからね」

それは怖いという減らず口は、柔らかい唇に塞《ふさ》がれた。

「んっ。……ふ……ぅ……っ」

ほんのちょっと背伸びしたスターシャの腰を支えると、細い腰がぴくりと跳ねた。

はふ、はふ、と。可愛らしく必死に息継ぎをしながら、彼女は俺の首に腕を絡める。

くちゅくちゅと耳を擽《くすぐ》る水音。濡《ぬ》れた舌先。甘い唾。痺《しび》れるような、ジャムの味。

部屋の扉を閉めて廊下に出た時でさえ、紅茶の残り香が口の中を漂っていた。

◆

格子戸のエレベーターに乗って貨幣《コペイカ》を放り込み、一階へ向かう。

エレベーターってのは常に汚くて、壊れて、落書きとステッカーだらけになっているものだ。

だけどスターシャの暮らすこの三十四階建ての摩天楼は、それと一線を画している。

モスクワ川の岸に建つ『七姉妹』の末娘に粗相しようなんて不届き者は、この街にいない。

彼女にかかればエレベーターの降下時間だって、実に優雅で心躍るものになるのだ。

その秘訣《ひけつ》はきっと、運賃として徴収される貨幣《コペイカ》にあると俺は見ている。

これに金を払えるような人間はエレベーターを汚さない。払えない人間は階段でどうぞ。

俺は紅茶の香りを楽しみながら、耳心地の良いベルと共に開いた扉の向こうへ足を踏み出す。

「ああ。やっと出て来たね、ダニーラ・クラギン」

「……最悪《カシマール》」

そして、そこに佇《たたず》むちっぽけな婆《ばあ》さんによって行く手を阻まれた。

「まったく、なんてえだらしない格好だね。ダニーラ・クラギン」

壁画の天井《てんじょう》――フレスコ画とかいう――の下、豪奢《ごうしゃ》な石のロビーで、老婆は俺に牙を剝く。

灰色の髪を、それで皺を伸ばしてんじゃないかという程に引っ詰めて高く結った、老婆。

枯れ木のように細いってのに、その目は鷲《わし》のようにギラついて俺を睨《にら》んでいる。

「髪はぼさぼさ、防弾服、埃《ほこり》まみれ、泥だらけ、軍用長靴、おまけに玩具まで引っさげて」

枯れ枝の指先が伸びて、俺の頭を、肩を、足を、次々と突き回した。

「マダム・ピスクン。俺は……」

「言い訳はおよし《ニナーダ》」

マダム・ピスクンは俺の言い訳をぴしゃりと切り捨てて、尖った鼻をふんと鳴らした。

いつも纏《まと》ってる黒いドレスと合わせて、魔女の婆さんみたいだなと、俺は思う。

これで帽子を被《かぶ》ったら一発だ。きっと普段は家に隠しているに違いない。

俺はいつだって、彼女――マダム・ピスクンが苦手だ。

母親《マーマ》のような人だと、スターシャは言う。ホントかどうかは俺は知らない。

だがもしそうなら、世の中の子供っていうのは生まれた時から恐ろしい目にあっている筈だ。

「あんた、誰《だれ》に会いに来ているかわかっているんだろうね？」

きんきんと甲高《かんだか》い声は、まるで鉄骨でも叩《たた》いているかのようだ。

頭一つ分は背が低いってのに、どうしてか見下されてるような目つきで睨まれる。

一度――随分と前だ――なんとかならないかと、勇気を振り絞って言った事がある。

マダム・ピスクンは鼻を鳴らして「生まれつきだよ」と切り捨てたものだ。

彼女の両親（そんなものがいるとすれば！）は、さぞや心臓の強い人だったに違いない。

「誰にでも股開く売女《ニェットト》じゃあない。あの子は一流の女優《アクトリサ》だよ。違うか？」

「いいえ」

「そこらの無法者《ウゴローニキ》が似合うような女かい？　どうだ？」

「いいえ《ニェット》」

「わかってるなら、もっとしゃんとした格好をするこった。ピスクン座の品位に関《かか》わるからね」

「……スターシャがいる限り、評判が悪くなるって事はないんじゃないですかね」

「そのスターシャがあんたを甘やかしすぎてるって話だ」

俺はうかつな事を言った舌を呪いながら、魔女の婆さんに睨まれたみたく固まった。

これなら機械化兵《キボルグ》の赤外線視野を向けられた方が、よっぽどマシだ。

「まったく、あの子はホントに。男を甘やかすと碌《ろく》なことがないってのに」

ぶつぶつ、ねちねち、尚も言い募るマダム・ピスクンが、俺を突き刺すようにねめつける。

「言っとくがね、あんたみたいな『一流の《掃除屋》』って奴は、一山幾らでいるんだ」

――あの子にタカろうとしたらどうなるかわかってるね？

その言葉の意味がわからない俺じゃあない。返事は一言。

「はい《ダー》」

当たり前だ。俺が間髪入れずにそう応《こた》えると、マダムは優雅に手のひらを向けてきた。

説教おしまいの合図。俺はほっと息を吐いて、防弾服のポケットから封筒を取り出す。

そして皺の一つだってないピンとした札ビラをきちんと数えた。大丈夫《ホロショウ》。

「どうぞ《ナ》」

「よろしい」

彼女はやはり優雅な手付きでルーブル札を受け取り、それを丁寧にしまい込む。

マダム・ピスクンが金を数えるなんてはしたない真似をしたのを、俺は見たことがない。

「あんたがちゃんと金持ってくることには、毎度毎度、心底驚かされるよ」

「金を持たずにスターシャと会う奴がいるってのか？」俺は片眉《まゆ》を上げた。「信じられんな」

「ああ。あんたは信じられんほどに間抜け《カプースタ》だよ、ダニーラ・クラギン」

「……チッ《ティフ》」

にやりと笑ったマダム・ピスクンに、俺は口をへの字に曲げた。

マダム・ピスクンに言わせれば、これは褒めているつもりなのだそうだ。

だがこのばあさまに褒められた所で、それを素直に受け取れる奴はモスクワに一人もいまい。

——ああ、いや、一人はいる。

ピスクン座の座長を務める彼女に褒められると、スターシャは大いに喜ぶのだから。

「……そりゃ、どうも」

結局根負けした俺がそうつっけんどんに言うと、マダム・ピスクンは鼻を鳴らして、言った。

「今度は時間を作って、昼の舞台も見に来ておやり！」

俺は追い出されるようにして玄関ホールから外に出た。

突き刺さるような寒さに、防弾服の襟元《えりもと》を合わせる。

——モスクワ川のせいだ。

目の前を流れる青々とした水の流れは、上を通る風に凍えるほどの冷たさを纏わせるのだ。

実際、一流ってのは《先生《ウチーテル》》みたいなやつのことだろう。

女の《掃除屋》。正体不明。噂《うわさ》じゃ孤児上《シロト》がりだって聞く。

どんな相手でも近接戦じゃ勝ち目がない。魔女《バーバ・ヤガー》の家の怪物みたいなもんだ。

俺は息を凍らせ足早に歩きながら、此処《ここ》を訪れた時の習慣として、上を向いた。

二一六〇モスクワ五輪までの日数を刻む電光看板。そいつは別に良い。目に入るだけだ。

それよりも大きな、俺以外の誰も彼もに微笑みかけている、モスクワ一の美女の看板。

「馬鹿《トゥボーイ》いえ、世界一だ」

俺はモスクワ中にあるピスクン座のポスターと看板に、キスをしても良いと思っている。

《掃除屋》がミス・モスクワにしてやれる事は、せいぜいがそれくらいのもんだろう。

後は、金を持ってくるか、だ。

◆

昼前のモスクワをチェルキゾフスキーの市場へと向かう道すがら。

俺はふと思い立って、スーパーマーケット《ウニヴェルサーム》へと立ち寄った。

無味乾燥な白と黒と灰色の店内。陳列棚はガランとしているが、ずいぶんと賑わっていた。

そろそろ牛乳やら乳製品が配達される頃だからだろう。中は子供からご婦人で混雑している。

防弾服姿の俺には視線がちらほらと突き刺さるが、気にせずにまずレジへ並ぶ。

やがて、俺の順番が来た。

「次！」

貫禄《かんろく》たっぷりの職業婦人、白い制服の店員が、笑顔も浮かべずにじろりと俺を見てくる。

「シロークを一箱と、それからドクトルスカヤ。四〇〇グラム」

「五十コペイカ」

「あいよ」

俺は貨幣《コペイカ》と引き換えにレシートを打ち出してもらった。

それを持って、俺は今度は売り場の行列へと並んだ。皆レシートを片手に、順番を待つ。

「次！」

「シロークを一箱と、それからドクトルスカヤ。四〇〇グラム」

「レシート」

「あいよ」

俺は紙切れと引き換えに、その二つの商品を紙袋に突っ込んでもらった。

チーズをチョコで包んだシロークも、でんぷん補塡の腸詰め《ドクトルスカヤ》も、別にそう悪いものじゃない。

闇市《やみいち》で買わなくても手に入るって意味では、むしろ上等なまである。

なにしろ闇市——チェルキゾフスキーの市場は、何でもあるが、全《すべ》て自己責任の代物だ。

東欧諸国の観光客向けのホテル群、潰《つぶ》れた遊園地を更地にして出来たベルニサージュ市場。

モスクワ最大のバザールの隣、影のように並んだブリキとトタンの巨大アーケード。

そこが、チェルキゾフスキーの闇市だ。スーパーを出た俺の向かった先。

「プレイボーイあるよ！　スターズ&ストライプス、超人兵士《スーパーソルジャー》の金髪美女だ‼」

「オノセンダイの新作ソフト！　軍製や箱積み《テトロミノ》はもう古い！　ゲームは日本だ！」

「コーラだよ、コーラ！　ジューコフコーラじゃない、真っ黒だ！　純正、混ぜものなし！」

「新作肋骨《リヨブラ》レコード！　本場のロックンロールだ、限定プリント十枚限り‼」

廃棄レントゲン写真に刻まれたレコードから、甘ったるい歌声がざりざりと流れている。

スターシャほどじゃあないが、そそる歌声。ジャズとかなんとかいう名前の女らしい。

何を歌ってるんだか知らないが、まさに帝国主義って感じがして俺は嫌いじゃあない。

露店が並び、怪しげな連中——俺だってそうだ——が声を上げて禁制品に熱を上げていた。

ここでは商品と金は交換だ。間にレシートが挟まる余地は無い。政府広報もなし。

密輸品に密造品に地下出版《サミズダート》に海賊版。真贋《しんがん》はともかく、何でもある。

ごったがえした人の臭いと食い物と油と鉄気《かなけ》の入り混じった空気が、すぐに俺を飲み込んだ。

「おっと、ごめんよ、同志！」

「やめろ《ストーイ》」

途端に小脇《こわき》に抱えた紙袋に手を伸ばしたガキの向こう脛《ずね》を、俺は躊躇《ちゅうちょ》なく蹴り飛ばす。

鉄板入りの長靴だからか悲鳴を上げて転げるが、骨を折らないだけまだ俺も甘い方だ。

かっぱらいならもっと上手《うま》くやるべきだし、俺に手を出すなら俺の知り合いじゃあない。

——なに、向こうだってこのぐらいは慣れてるさ。

こんなものでいちいち騒ぐような奴は、あの年齢になる事もない。二十四にだってなれない。

そうした雑然とした人混みを抜けていった先に、俺の目当ての場所はある。

小さなコーヒースタンド。

ふわりと漂うのは、ひたすら鍋で豆の粉を煮出している香りだ。

そうして出来上がった泥のような液体を、長い黒髪の娘が物憂げに啜っている。

放出品の軍装を着込むのは野暮《やぼ》ったいったらないが、それが似合う女の子もいるものだ。

例えば白い肌、冷たい瞳《ひとみ》、突き刺すような視線、吹雪《メチェーリ》のような彼女。

声をかけようとする男どもを一蹴するナイフのような目が、ふと俺の方を向いた。

「……遅かったですね、同志ダニーラ・クラギン。遅刻ですよ」

「悪いな、同志。飯を食ってきた」

「食わせてもらってきた、でしょう?」

期待された通りの美人に育った——十九の、俺の妹。マリーヤは、忌々しげに舌を打つ。

「……チッ。けだもの《サバーカ》」

まったくいつの頃から、うちの妹は舌打ちなんてはしたない真似をするようになったのやら。

俺は肩を竦《すく》めて、紙袋からシロークを引っ張り出してマリーヤに放った。

彼女はそれを胸元《むなもと》で受け止めて、飴《あめ》をもらった五歳の女の子みたいに目を丸くした。

それからそそくさと箱をしまうと、すぐに目を半眼にして唇を尖らせてくる。

「……こんな事で買収されたりはしませんよ、ダーニャ兄さん」

「手土産だよ。素直に受け取っておけ」

俺はそう言って、起きているんだか寝てるんだかわからない爺さんにコーヒーを頼んだ。

貨幣《コペイカ》と交換ですぐ出てくるのは、本当、カップに注《そそ》がれた泥みたいな代物だ。

マリーヤはこの胸を悪くするような代物を、牛乳も砂糖もなしで啜っている。

俺は口中の紅茶の甘味が消えるのを名残惜しく思いながら、苦い汁を口に含んだ。

「……で？」

「まあ良いでしょう」誤魔化《ごまか》されたりはしませんから。「今回の仕事は、護衛です」

「護衛ね」

「……問題でも？」

「いや、真っ当な仕事だなと思っただけさ」

女に会いに行くイワンをぶっ殺すよりは、はるかに真っ当な仕事だ。

マリーヤはしばらく俺を見つめていたが、やがてその睫毛《まつげ》を震わせて息を吐く。

そして鞄《かばん》を開け、愛用の携帯端末《ポルタティヴヌィ・テルミナル》エレクトロニカMK一七〇を掌に乗せた。

小さな液晶画面の横に、爪の先でしか押せないようなこれまた小さな鍵盤《キーボード》。

俺の目からすると、そいつはゴテゴテとケーブルで繋がれた電卓《カリクリャートル》のような代物だ。

実際、電卓で間違いは無いらしい。プログラムを動かせるという点が大きく違うだけで。

マリーヤは既に接続してある音響カプラに、コードの伸びた電話の受話器をはめ込んだ。

彼女がこのスタンドを愛用するのは、スタンドの店主が電話を所持しているからだろう。

もしかすると本業は貸し電話屋なんじゃないかと睨んでいる。根拠はコーヒーの味。

ダイヤル音の後に、甲高い笛の音にも似た接続音。マリーヤのたおやかな指がキーを叩く。

しばらくするとテレックス端末がカタカタと音を立て動き、用紙を吐き出してきた。

マリーヤは一流のタイピスト《マシニストカ》がそうするように、一メートル分を優雅に破り取る。

「どうぞ《ナ》」

「おう」

俺は学が無いなりにマリーヤに勉強ってものを教えたつもりだが、今じゃ妹は俺の遥《はる》か上だ。

マリーヤが何をやっているのだか、実のところ、俺にはこれっぽっちもわからないんだ。

通信演算《ディスタンソニヤ・ヴァシーニヤ》ですよと、マリーヤは言う。西側風にいえばテレコンピューティング。

小さい頃から、機械いじりの好きな子だとは思っていた。

部屋に機械を持ち込むのも、俺は無邪気に喜んでいたものだ。

何しろ手に職がつくわけだし。そうすれば食いっぱぐれる事だけはない。

妹が弄《いじ》ってる玩具《おもちゃ》が、まさか端末《テルミナル》だとは、考えもしなかった。

今や彼女の部屋は、ブラウン管と端末で埋め尽くされちまっている。

そして一端《いっぱし》の《電脳屋《テレグラフィスト》》となった彼女無しには、俺の仕事も随分と難しい。

昨今《掃除屋》稼業も電脳上での依頼受注やら仲介やらが増えてきたのだ。

正直に言えばあんまり良い顔もできないが——まあ、良いかと思う自分もいる。

少なくとも銃を持って走り回るよりは安全だし、真っ当で立派な仕事に違いあるまい。

俺が一山幾らの一流だってんなら、《吹雪《メチェーリ》》は唯一無二って所だろう。

——掃除をしろって言わなかったのが失敗だったな。


「で、依頼人はどこの誰だ？」

「《機関《オルガン》》《KGB》の方々です」

国家保安委員会。黒い服の男たち。俺はげんなりした顔をどうにか隠し通した。

「制服組を動かすよりは、あなたの方が安上がりですから」

ＫＧＢ——機関《オルガン》、国家保安委員会、つまりは秘密警察だ。

十五のダニーラ・クラギンならともかくも、二十四のダニーラ・クラギンなら知っている。

『玩具屋の隣のビルの者だが』という言葉は、子供を躾《しつ》けるための魔女《バーバ・ヤガー》の家の怪物だ。

悪いことをしていると、怖い魔女が恐ろしい化け物を送り込んで、お前を攫《さら》ってしまうよ。

魔女の家の怪物《バーバ・ヤガー》。それは空想の怪物だ。実在しない。するわけもない。

だが、《機関《オルガン》》は実在する。

しかし二百年にわたって東西両国がにらみ合い続けている昨今だ。

その情勢を鑑《かんが》みればＫＧＢの方々はさぞや羽振りが良さそうなもんだが、そうもいかない。

なにせ偉大な祖国である我らがソビエト連邦には、もう一つの諜報《ちょうほう》機関が存在する。

すなわち、軍参謀本部情報総局――《水族館《アクヴァリウム》》、ＧＲＵ。

ガラス張りのビルに集い、最強の特殊部隊たるスペツナズを擁する、軍の精鋭たち。

当然、ＫＧＢとは管轄が違う。そしてソビエトでは予算が有限だ。

一枚の餌皿を巡り、もう一方の頭を噛《か》み殺《ころ》そうとする、恐るべき双頭の猟犬《オルトロス》。

そんな風に言った《掃除屋》は、双頭を手懐けようとして、あっさり真っ二つにされたが。

「報酬は？」

マリーヤは無言のままに指を一本立てた。ルーブルの札束《さつたば》が一つ。

それが一流の《掃除屋》とやらにふさわしい報酬の額なのかどうか、俺は知らない。

《先生》はこの額面で引き受けるんだろうか？　会ったこともない。わかるわけもない。

だが、俺に取っちゃ大金だ。命を懸けるに値する額だ。

他の連中にとっては、どうか知らないが。

「《機関》も《掃除屋》を使うようじゃ、予算不足ってわけだな」

「いいえ、まさか。潤沢ですよ」

マリーヤは、薄っすらと微笑んで首を横に振った。

「だから《掃除屋》を雇う余裕があるんです」

「成程」

俺はジャズという女の甘ったるい歌声に耳を傾けながら、テレックス文書に目を通していく。

護衛対象は女。フォトテレグラフじゃないので写真は無し。二十九歳。イェレナ・タチバナ。

「タチバナ？　タチアナ？」

「タチバナ」マリーヤは付け加えた。「日系だそうです」

「ふうん……」

日本。シベリア鉄道の終着点よりさらに向こう側。海を越えた先の島国。

俺の知っていることといえば、チバが機械化の聖地だってこと。

ホサカのオノセンダイ、トヨタとホンダ、あとソニーとレンラクは日本の企業だってこと。

それとヤクザはクローン培養したニンジャを切り札に投入してくるってことくらいだ。

だからそんなことよりも俺は、テレックス文書の一文の方が重要だった。

「財務人民委員会議員って――……マジ《ヌダー》かよ？」

「マジ《ダー》です」

目を見開く『兄さん』に、マリーヤは容赦なく吹雪を浴びせかけてきやがる。

「政治局員ではありませんから、そう心配する必要はありませんよ」

「そりゃ《テペー》あ良かった《パヴェズロー》な」

「ええ」

皮肉も通じやしない。妹は、優雅に目を細めてコーヒーを味わっている。

——もうすっかり、俺の袖《そで》を引っ張る事もなくなっちまったってのに。

仕方《ニチェボー》が《ニエ》ない《パジェーラエシ》。この表情に、俺は弱かった。

「良いだろう。やるさ。労働は尊い」

しっかし議員の予察関係の視察、その護衛で《掃除屋》一人とはね。

——安全なのか、殺されても良いのか。

テレックス文書を読みながら、俺は首を左右に振った。

裏の事は考えない方が良い。それが身のためって奴だ。聞いた所で、やる事は変わらん。

「ま、やれるだけやってみるさ」

俺はテレックス文書を丁寧に折りたたんで、防弾服の内側にしまい込んだ。

相変わらず周囲の雑踏は騒々しくて、片隅でコーヒーを飲む兄妹なんざ気にもしていない。

密談にはこういう場所の方がかえって向いているものだ。マリーヤは賢く育ってくれた。

俺はブリキのカップに残った泥水を、胃を悪くすることと引き換えに飲み干した。

「そういえば」

と、不意にマリーヤが声を上げた。思いついたというには、あまりにも不器用な言い方。

「まだ旧式を使っているのですか。《尼僧《モナシナ》》に得物を注文してはどうです？」

「カラシニコフは好かねえんだよ」

俺は笑って言った。不器用な心配だ。そういう事をするのは、こっちの役目だというのに。

「マリーヤこそ、銃くらい持て。美人が一人で立ってると、変な男に絡まれても知らんぞ」

「……チッ《ティフ》。うるさいですよ。だいたい、遅刻したのはダーニャ兄さんじゃないですか」

「そのクセ、やめろ」

「嫌です」

ひきつった顔で舌打ちをする妹に一頻り笑うと、俺は彼女が拗《す》ねる前に、紙袋を思い出す。

「と、ああ、そうだ」

まあ――……ノーラは良いか。あいつの小遣い稼ぎは、未《いま》だに俺は納得してないんだ。

「これ、ワレリーに渡してやってくれ。差し入れだ」

「……構いませんよ」

腸詰めの入った袋を、マリーヤは素直に受け取った。「それから」と俺は付け加える。

「ワレリーにな。ちょいと時間空けておくよう言っといてくれ」

「それも、構いませんけれど……」

やはり素直に頷いたけれど、マリーヤは少し戸惑ったように、その首をかしげた。

「兄さん、家に戻った時に自分で伝えれば良いのでは？」

「馬鹿を言え」

俺は、笑った。

「弟妹を買収するみたいな真似ができるかよ」

◆

相変わらず、俺たちの家はそこに在った。

鉄蓋を持ち上げて潜り込んだ地下の穴蔵。温水パイプの通った、マンホール。

だがあれから何年も経《た》って、進歩がないわけじゃあない。

発電機は据え付けてあるし、家具だって整えた。灯《あか》りも、暖房も、ちゃんと用意してある。

地下にあるという一点を除けば、こいつは結構上等な部屋じゃないか、と思うこともある。

けれどこの程度の部屋は珍しくも何ともないという事だって、俺は常に理解している。

スターシャの部屋から戻った時なんかは、特にそうだ。

現状把握の甘い《掃除屋》はすぐ死ぬ。そうじゃない《掃除屋》は、しばらくして死ぬ。

終わりを先延ばしにしたいなら、とにかく用心深くなることだぜ、ダニーラ・クラギン。

「なんでえ、まだ誰も帰ってねえのか」

パチリと後付のスイッチを手探りで弾いて電気をつけても、物音や声掛けはない。

俺は防弾服を脱いでソファに放り、ズボンにトカレフを突っ込んでから冷蔵庫へ向かう。

そう、冷蔵庫だ。贅沢品《ぜいたくひん》だ。なにせ大概の品は貯蔵庫に放り込んでおけば腐らない。

わざわざ冷蔵庫へいれなければならない食品を買えるってのは、気持ちの良いもんだった。

取り出した牛乳《テトラパック》を片手に、反対の手にはテレックス文書とモスクワ地図を一緒くた。

そしてどっかとバネの出てないソファに体を沈め、俺は文書と地図を睨みつけた。

――護衛、ねえ。

別に初めてってわけじゃあない。キスから口から前から後ろから。スターシャと同じだ。

だからこそ手順が大事だってことも、俺は知っている。事前準備だ。

少なくともタチバナ女史の移動ルートを頭に入れておくくらいは、最低限しておかにゃ。

俺は地図を見つつ、行儀悪く――教わった試しはない――テトラパックに噛み付こうとして。

「ミャーウ♪」

すっと横合いから伸びてきた爪が、テトラパックに穴を開けた。

俺は舌打ちをする。

「おい、ノーラ。それ玩具にすんなって前も言ったよな。ツキが落ちるぞ」

「へーき、へーき。っていうかダーニャ兄、それって新しいお仕事？」

そういってクスクス笑いながらソファの上に這《は》い上がるのは、短い黒髪のノーラだ。

猫めいた仕草。猫さながらの表情。やつの期待通りの成長って意味では、彼女も同様だ。黒い革のジャケットに、やはり黒いジーンズ。ぴたりと張り付いて、窮屈そうにも見える。前にサイズが小さいんじゃないかと言ったら、ファッションなのだと馬鹿にされたものだが。その妹が俺の傍らでぬくぬくと丸くなったかと思った途端、がばりと身を乗り出してきた。

「ねえ、あたしも手伝ってあげよっか！」

ノーラの瞳はキラキラとクロームの鈍い輝きを纏っていて、彼女の指先からは爪《ノーガチ》が飛び出す。

俺は段々剃刀《ジレット》のように剣呑《けんのん》な妹の有様に、短く舌打ちを一つ。返事は一言。

「ダメだ」

「えーっ」

きんきんと甲高い、まったくの不意打ちを受けたような抗議の叫び声。

発砲音同然に耳へ響くそれに顔をしかめながら、俺はノーラの開けた穴から牛乳を啜った。

「……お前、また俺に黙って小遣い稼ぎしただろ」

――俺はダメだって言ったよな？

というか小遣い稼ぎはもとより、その爪にしろ目にしろ、俺は認めちゃいないんだ。

とびっきり剣呑に睨みつけると、ノーラは「う」と呻《うめ》いた後、毛を逆立てて反撃に出てくる。

「ダーニャ兄のケチ！」

「ケチじゃない」

「スターシャ姉に言いつけて叱ってもらうからね！」

「おう、言え言え。逆に説教されるのはお前だぞ」

「ぶー！」

俺が一切《いっさい》そっちを見もせずに地図を睨んでいるのに、ノーラはいい加減へそを曲げたらしい。

ぶすくれた挙げ句、さっき飛び乗ったばかりのソファからするりと飛び降りた。

「《お医者《ヴラチ》》のとこ遊びに行ってくる！」

「あんま迷惑かけんなよ」

「ダーニャ兄とは違うもんねー、だ！」

ひらひらと背後のノーラに手を振ると、「行ってきます《ヤパーシャル》！」の叫び声。

「おう、鳥も獣も取れないといいな《ニプーハニペーラー》」

「ダーニャ兄、地獄に堕ちちゃえ《クチョルトゥ》！」

マンホールの蓋の立てる金属音に俺は声を立てずに笑うと、また地図に集中しだした。

ノーラが本気になれば加速された神経と電熱式の爪は、俺を一瞬で屑肉《ファーシュ》に変えちまうだろう。

だがそんな事を心配したためしは、生まれてから死ぬまで一度だってありはしないのだ。

◆

「ああ、よく来てくれましたね、同志ダニーラ・クラギン！」

オフィス《コントーラ》で微笑むタチバナ議員は、想像していたよりもずっと美人だった。

俺の好みはくすんだ金髪だが、黒髪だって好きだ。だがタチバナ議員は栗毛だ。

俺は女物のスーツ《コスチューム》も悪くないなと思いながら、無言でオフィスを眺める。

――画一的、あるいは典型的な、オフィスだ、と俺は思う。

といっても俺は政治家や役人の部屋ってのを、テレビぐらいでしか見たことはないんだが。

落ち着いた内装。壁には賞状だの国旗だのが掲げられ、馬鹿みたいにデカい机が置いてある。

そのL字型の書類机には端末《テルミナル》とつながったブラウン管が数台重なっていた。

マリーヤの部屋を見るときも思うんだが、四つも同時に画面があってどうするんだろうか？

別々の内容を映したって、同時に見れる画面は一つだけ。頑張っても二つまでだろうに。

そのブラウン管の隣に、山積みの書類――我らが祖国は書類で動く――が山脈となっている。

議員は書類をテキパキと捌《さば》きながらも、笑みを崩さない。

労働者は働こうが働かなかろうが給料は同じ。だが議員となればサボタージュは罪だ。

首を切られる《セキールパシカ》のが嫌なら、勤勉であるべし。労働は尊いな、同志。

俺は薄いレースのカーテンで遮《さえぎ》られた室内で、陽光に埃が白く踊るのを眺めた。

「こういう時は『用件を聞こうか《ヴィパカコーム　ヴァプロース》』とかって言うべきですかね？」

「用件により近い事を話しましょう《ダヴァイチェ　パジェール》」

　つまり彼女は本題をお望みだ。

　俺は頷いて、ゆったりとした歩調でタチバナ議員のデスクへ近づいた。

「銃は預けなくて良かったですか？」

「ええ、もちろん」

　タチバナ女史はにこりと微笑んだ。信頼されている？　まさか。

「私を殺してもあなたに利益《りえき》がありませんからね」

　なるほど、信用はされている。俺は頷いた。そっちの方がやりやすい。

「俺はあんたの命を守って金をもらう。あんたは命拾いをしたら、金を払う」

「ええ《ダー》、それで万事万端問題なし《フショー　パリャートケ》です。」

　俺と議員は、和やかに詳細を詰めにかかった。

　財務人民委員会、あるいは財政人民兵站《へいたん》委員会、経済局《ナルコムフィン》。

　ようは我らが祖国の予算というケーキを切り分ける重要な部局だともいえる。

　その一員であるタチバナ議員がどれだけのポストにいるのかは――……。

　――関係ないな《ニェ　イミエエット　ズナチェーニヤ》、だ。

　国内旅券を持っていない俺は、我らが祖国には存在しない人間だ。

もっとも、持っていたところで我らが祖国は中央委員会の方々が運営してくださっている。マンホール育ちのダニーラ・クラギンが口を挟める余地はあるまい。

できることといえば、せいぜい視察に巡る議員の護衛をすることくらいだろう。

「では、同志。本日はよろしくお願いしますね」

「ええ、同志。こちらこそ」

俺は微笑むタチバナ女史に笑顔で返し、彼女に付き従ってオフィスの前に向かう。

そこには艶《つや》々と色っぽく輝く、黒塗りの公用車が彼女を待っていた。

リハチェフ記念工場《ＺＩＬ》製のリムジンは、内部がゆったりと広くて居心地が良い。

大衆の間でも旧式とはいえ、ＺＩＬのパッカード模倣車が未だに現役《げんえき》だ。

何しろ同志スターリンの愛した車だ。偉大な祖国に暮らす人々は皆ＺＩＬの車を愛している。

あとは全土に道路が敷かれれば万々歳なのだが。

俺は念の為の用心として車の周囲をぐるぐる回った後、その下を覗き込んだ。

具体的に何がどう、という事を知っているわけじゃあない。ただ違和感が無いかの確認だ。

変な部分、痕跡。綺麗じゃない車は、何か仕掛けられてる車だって事だ。

――もっとも車が安全でも、道路からふっとばされたら意味ないんだが。

俺は数分の時間をかけて安心を買ってから、運転席に向かおうとする。

「あ、良いですよ。私が運転しますから」

と、タチバナ女史が指に引っ掛けたキーを回して言った。

颯爽《さっそう》と運転席の扉を開けてシートにかたちの良い尻を滑り込ませる動作は、手慣れている。

「運転手は雇っておられないので？」

「車、好きなんです。自分で動かすの」

「じゃあ、俺は助手席につきます」

「はいはい。安全運転で行きますよ」

そう願いたいもんだね。俺は口には出さずにシートに座り、息を吐いた。

ばたんと音を立ててドアが閉まって、エンジンが低い唸《うな》りをあげて回りだす。

ガソリンの質ばかりは如何《いかん》ともし難《がた》いのか、排ガスの臭いが僅《わず》かに漂ってきた。

「――……」

舗装の粗さを吸収しきれないサスペンションが、車をがたがたと揺さぶった。

俺は古びた短機関銃を握り、窓から左右、後ろへと目を配る。

俺にとって重要なのは今日一日かけて彼女が巡る職場と、その移動ルートだった。

さきほどタチバナ女史と話して叩き込《こ》んだリストを、頭の中で引っ張り出して広げる。

そこには工場、役所、基地、官舎、その他もろもろの公営施設がずらりと並んでいた。

これを見て回って、きちんと人民が健全な労働に励んでいるかを確かめる、と。

それがどれだけ予算配分に対して重要なのかどうか、俺は知らない。

俺としては、視察に意味なんかないんじゃないか、と思う。

真面目《まじめ》にやってればご褒美《ほうび》として予算を増やして貰《もら》えるわけじゃあないだろう。

サボタージュをしていれば、罰として予算を削られたっておかしくはないわけだ。

——なるほど。

俺はちらっと、タチバナ女史の黒い瞳を見た。東洋の血だろうか。わからないが。

彼女が経済局でのし上がるために、どれだけ努力したのだろうと考える。

きっとその細腕で、予算の切り分けに大鉈《おおなた》を振り回しているに違いない。

きっと軍事とかだろうな。俺は思った。一番の金食い虫だ。削るべきところは多いんだろう。

狙《ねら》われて当然だ。俺はそう思った。狙われて当然。襲われて当然。殺されて当然か?

そんな彼女に、自分ひとりしか護衛がつかないということの意味を考える。

正規人員ではなく一山幾らの《掃除屋》を使う理由。安いからか。警備の必要がないからか。

襲撃があるのか、ないのか。あるとしたら誰が相手になるのか。いつ、どこで?

《機関《オルガン》》の面々は、はたしてどんな結末を期待しているのか。

——考えるこっちゃないな。

俺はちゃんと金をもらった分の仕事をすれば良いだけだ。

第一、そう考えをまとめる時間などありそうもなかった。

モスクワには渋滞など、ほぼ存在しないのだから。

◆

襲撃はなかった。

タチバナ女史による査察は滞りなく進み、彼女は各施設の状態にいたく満足なされた。

厳しく運用状況を確認し、労働者からルーブル札を落とした事を指摘され、それを拾う。

概ね、この偉大な祖国ではよく見られる光景だったと俺は思う。

実際、仕事としては楽なもんだ。

ただ黙って、ひたすらその後についてまわって、目を光らせれば良い。

朝から晩までそれをやる。俺は一日だけだが《機関》の方々は毎日だ。そこだけは感心する。

「いやあ、すっかり遅くなってしまいましたね……！」

たははははと笑うタチバナ女史が最後の視察を終えて運転席に滑り込んだのは、零時近い頃だ。

残業なんて事は考えもしないこの祖国にあって、勤勉を通り越して被虐趣味的ですらある。

「ま、労働は尊いという事でしょう、同志」

俺は肩を竦めて助手席に座る。無駄に柔らかいシートの感触も、いい加減嫌になってきた。

慣れた調子でリムジンを走らせるタチバナ女史の気持ちも、なんとなくわかる。

今回の査察だって、別に、彼女が一から十まで決めて考案したものじゃあるまい。

行き先もルートも誰かに決められているなら、せめて運転ぐらいは自分でしたいものだ。

「あ、よかったらダッシュボードの中をどうぞ」

不意に彼女がハンドルを優雅に切りながら、目線を此方《こちら》に向けもせずに言う。

「差し入れです」と彼女が言うので開けてみると、そこには紙袋が突っ込まれていた。

とりだしてみれば、最近進出してきた西側諸国のファーストフードのロゴが踊っている。

飯を喰《く》うのにルーブル札が必要なほどの高級品。おまけに数時間待ちもザラな逸品だ。

紙袋の中には包装紙に包まれたバーガーが二つ入っていた。一つを取り出す。

「ふふ、内緒ですよ」

「良いんですかね、これは」

「あんまり良くないから、内緒なんです」

俺は「ふうん」と呟いてから、バーガーに齧りついた。

たっぷりの甘酢生姜《ガリ》が挟まったアジアバーガーは、空腹に良くきいた。

「私も」と言って、タチバナ女史は片手をのばし、バーガーを摑《つか》み取る。

はしたなくも運転しながらバーガーを齧った彼女が向かう先は、ホテル・ロシアだ。

赤の広場のすぐ近くにある、欧州最大のホテル――スターシャの住居よりも、でかい。

「もう家まで帰るのが面倒な時は、此処が便利なんですよね」

元が庁舎ビルだからか、それとも経済局員だからか、どちらにせよ役人は剛毅なもんだ。

俺はタチバナ女史の後に続いて柔らかな絨毯を踏みながら、首を左右に振った。

格子戸式のエレベーターに乗って五階へ。廊下を通り、指定された客室へ。

タチバナ女史が鍵を開け、入れ替わるように俺が室内に入る。

短機関銃を左右に振って確認。

調度品も相応に上等な品。ベッドもそうだろう。窓は一つ。

外部電源でケーブルと繋がった目覚まし時計のニキシー管が、ちりちりと音を立てている。

異常は無い。

「どうぞ」

「ありがとうございます」

タチバナ女史はにこりと微笑んで、慣れた調子で客室へと入っていた。

自分だったら「あー疲れた！」などといってベッドに倒れ込みたいところだろう。

ノーラなら間違いなくそうする。マリーヤはへたりこみそうだ。

スターシャは——どうだろう。くすくす笑って、こっちの腕を取って引き倒すか。

「さて、お疲れさまでした！」

俺は益体もない妄想から、はたと現実に意識を引き戻す。疲れているらしい。まったく。

「査察はこれで終わりですから。あとは明日、オフィスに戻るまでですね」

「おまかせください、同志」

「ええ、本当。何事もなくて良かったですよ」

タチバナ女史はそう言って微笑む。

俺は向かいの部屋を与えられたが、今夜眠る気はなかった。

ロシア語に安全なんて言葉はない。あるのは「今は危険じゃない」って言葉だ。

俺はその「今」が終わる予感をジリジリと覚えていた。明滅するシェーシン電球を睨む。

こいつは恒久の明かりを約束する、永久電球だ。少なくともお題目としては。

それがちかちかと、まるで息切れするみたいに一瞬、ちらついていた。

俺は時計のニキシー管へと目を走らせた。七時五二分。

「《吹雪《メチェーリ》》……」

「ああ、そうですね。今夜はこれから吹雪だそうですから――……」

シュトゥルマンスキー。ゾンド八号と共に月に行った、史上最初の腕時計。

オヤジから買ってマリーヤの練習台にされたそれは、俺の腕で十二時三十二分と言っている。

――数は七。サイバネ五。生身が二。

「……チッ《ティフ》」

厳しいな。俺は舌打ちをすると、頭をめまぐるしく働かせながら必要な事を言った。

「敵襲です、同志」

「あちゃあ……。予算を切り詰めすぎましたかね」

タチバナ同志はまるでいたずらのバレた子供のように顔をしかめてみせた。

殺されるかもしれんってのに慌てた風も一切ない。

「いつもこんななんです？」

「時と場合《カグダ》によりけり《カク》ですね」

俺は笑った。

粛清《ニザミニームィフ》には特例《ウナス》なし《ニェット》。　代わりはいくらでもいる。

一山幾らなのは政治家も、《掃除屋》も、同じというわけだ。

「時間を稼ぎます」

ペペシャに樽型弾倉を叩き込み、トカレフの初弾を装塡《そうてん》しながら俺は言った。

「窓から出てください」

「下に降りるんですか？」

「温水パイプ伝いに。十数えるまで外の壁に張り付いたら降りて、駐車場へ」

「動かします？」

「いえ、俺が来るまでは待ってください。来ないようなら、独自に逃げてください」

死んだ後までは責任が取れないからな。タチバナ女史は「わかりました」と素直に言った。

「気をつけてくださいね」

「死なない程度にはね」

俺はタチバナ女史の腰と尻を支えてやりながら、彼女を窓から送り出した。

スーッとストッキングに包まれた女性の下半身は、魅力的に見えるものらしい。

――今度スターシャにも着てもらおう。

俺はそんな事を考えながらペペシャを抱え、ストーブの横に蹲《うずくま》った。

目出し帽を鼻先から口の下まで覆い隠すようにかぶって、呼吸を整える。ひどく、暑い。

そして――……何が起きたか、もちろん覚えてるよな？

手榴弾だ。

◆

怒ったスターシャは、スペツナズよりもおっかない。

つまりスペツナズは、へそを曲げたスターシャ程度におっかない。

洒落にならん状況だが、まだ挽回の余地はあるわけだ。

「マヌケ！　生肉相手《カプースタ》に何をやっているんですか！」

窓から銃口を突き出して降り積もる雪の中に掃射を食らわせ、支隊長が怒鳴り散らした。

妙に声が甲高く、体も小さい。まるで子供のようだ。防弾服を着た子供。

それに付き従うスペツナズどもは、やはり辟易《へきえき》した雰囲気を、職業倫理で押し殺す。

「七．六二ミリ、トカレフ弾です。シェスチ《六》・ルサールカ少尉」

「……少尉だけで結構です」

苛立《いらだ》たしげな声。自分の名前なんてまるっきり気に入ってないといった風。

「ペペシャとは、古臭い銃を。……何人撃たれて、何人死にました？」

「四人です。死亡者はいません。行動不能は一人」

「循環器系をやられています。脳波停止の心配は無さそうですが、任務続行は困難かと」

「《機関《オルガン》》め、腕っこきの《掃除屋《リクビダートル》》を雇いましたね」

――一山幾らだけどな。

すぐに追跡しますよ。鋭い命令と共にドタドタと足音が響き、俺は息を吐く。

俺は窓の外、耳をそばだてながら、暖房用の温水パイプにしがみついていた。

こういう時ってのはだいたい、連中は真下に降りたものと思って掃射を食らわせる。

ほんの数秒数十秒の時間差が命を救う事だってある。例えば、今とか。

万歳《ハラショー》。敵は生肉二の機械化兵が四に減ったぞ。これで余裕だな！

――冗談じゃねえ、俺はイリヤー・ムーロメッツ大尉じゃねえんだぞ。

スペツナズ。ＫＧＢのアルファ部隊と双璧をなす、ＧＲＵの切り札だ。

その一支隊七人。おそらく最低限の人員が投入されたんだと考えるべきだろう。

これで足りるくらい奴らが強いのか、この程度で済ませてくれているのか。

とはいえ、ここからは時間との戦いだ。

俺は温水パイプに手を添わせて滑るように一階まで降り立つ。

爆発《ばくはつ》があったせいで周辺はざわついているが、民警《ミリツィア》の気配は無い。

スペツナズが手を回しているんだろう。まったく、ありがたい事だ。

「同志クラギン、無事でしたか……！」

「おう、生きてましたか」

空っぽのペペシャを抱えて駐車場へ向かうと、身を小さく縮こませたタチバナ議員がいた。

何よりだ。お陰で俺もタダ働きってことにはならなさそうだ。

安心した俺は彼女を傍に置いて、手早くＺＩＬリムジンを調べにかかる。

「――……チッ《ティフ》」

何がどう、というわけでもない。だが、ダメだ。これは危ない気がする。

車の下を覗き込んだ時に、ほんの僅かな違和感を覚えたのだ。

走っているうちに雪が詰まっただけかもしれない。爆弾かもしれない。わかりゃしない。

わかりゃしないことに命を賭《か》ける趣味はない。

「ちょいと失礼」

だから俺は躊躇なく短機関銃を振り上げると、手近な車の窓ガラスを台尻で叩き割った。

「きゃっ⁉」

「こういう時はラーダニーヴァに限るぜ」

なにしろどこにでもあって、壊しやすくて直しやすく、よく走る。重宝する。

俺は窓から手を突っ込んでロックを外して中に潜り込むと、今度はエンジンキーにもう一発。

ぶっ壊してケーブルを引きずり出して皮を剝《は》ぎ、うまい具合に繋げば――……これで回る。

「よし。議員、乗ってください。運転頼みます」

「……これって犯罪ですよね」

と言いつつ、議員は素直にラダニヴァの運転席へと乗り込んでくれた。

俺は彼女に座席を譲って助手席に移動しながら、ペペシャの弾倉を交換する。

「そのための存在否定可能人材が俺ですよ」

「ではいざとなったら全部あなたの仕業という事で」

くすりと微笑んだタチバナ議員の手により、ラダニヴァが走り出す。

まあ民警に突き出されるのは、スペツナズとやりあってる《掃除屋》にしちゃマシな結末だ。

悪くはない。

◆

「冗談じゃねえ」

俺は呻いた。バックミラーに異様な化け物みてえなものが写ればだれだってそうなる。

「何かありましたか……⁉」

「構わないで運転しててくれ……！」

俺はタチバナ女史にそう言いながらも、幻覚である事を期待してもう一度背後を見やる。

――最悪《カシマール》だ。

やつは、確かにそこにいた。

嫌になるほど頼もしいエンジン音を響かせて、真《ま》っ直《す》ぐに道路を駆け抜けてくる異様な車両。

装甲板の化け物みたいなやつだ。あるいは機械仕掛けの海老《えび》か蟹《かに》の化け物。

スペツナズのカブトガニ《ファリカトゥス》。

KGBが導入するとかどうとか言ってたが、GRUも採用したって噂はホントだったか。

知りたくもなかった。

「たまたま別口で用事があって走ってるだけってこたぁねえよな……」

都合の良いことを期待したくなるが、こうなったらもう仕方がない《ニチェボー ニェ パジェーラエシ》。

俺はまるっきり無駄だとわかってることをやる事にした。

つまり、窓の外から腕を突き出してペペシャをぶっ放したのだ。

俺の頼りにするトカレフ弾はフロントの防弾ガラスにぶち当たり、雪玉みたいに弾け飛ぶ。

黒いガラスに罅《ひび》は走るが、抜けた気配はまるでない。

「だよな《ヴォッタク》！」

俺が叫ぶより早く、即座に銃眼から突き出された二連装突撃銃《アバカン》の応射が牙を剝いた。

重金属弾の雨だ。どこの誰だ。機関銃二つくっつけた代物を正式採用した奴は！

「曲がれ！」

「どちらに⁉」

「どっちでも構わん‼」

ラダニヴァの車体が紙切れみたいに引き裂かれる中で、俺は怒鳴った。

タチバナ女史がハンドルを切る。モスクワの道路は渋滞無し。進路も信号もどうでも良い。

必要《ヌジダ》に法律《ザコナ》は関係ねえ《ニェ ズナイェト》んだ。

金切り声みたいな悲鳴を上げながら、ラダニヴァはカーブを曲がって路地を突っ切る。

狭い道だから奴らは追ってこれない、などと期待してはいけない。

我らが祖国がモスクワに整理整頓された道路を敷いて下さったお陰で、回り込むのは容易だ。

ぺぺシャの目くらましも大した意味はない――ほんの数秒でも時間が稼げただけ十分だが。

にしたってよくもまあ、一切戸惑う様子もなくついてこれるものだ。気合の問題か？

「あいつら、フロントガラス潰されて良く前が見えるな……！」

「車載カメラが大量についてるそうですよ！」

「《水族館《アクヴァリウム》》の予算はもっと削ってやれ！」

大男は鈍いとかなんとか大昔に言った奴は、きっと何も知らない馬鹿だったに違いない。

デカい車はデカいエンジンが積めて、つまり速いのだ。

息も絶え絶えなラダニヴァとは比べ物にならない速度で、ファリカトゥスは迫ってくる。

ラダニヴァの車内は耳を塞ぎたくなるほどの騒音で満たされて、頭がクラクラしやがる。

銃弾が当たってるんだか砕かれたアスファルトの破片が当たってるんだか、わかりゃしない。

「ケツ振って走れ！」

「蛇行って事ですか⁉」

「知らんがそれで良い！」

重金属弾の赤い牙を間一髪で避け――中身に当たってないって意味だ――ラダニヴァが走る。

左右に尻を振っているおかげだが、当然速度は落ちる。向こうは速い。どうにもならん。

ペペシャじゃぶっ放したところで意味は無い。ほどなく捕まって皮を剝がれて食われるな。

恐怖の目はデカい。だからビビる。ビビって逃げそうな方へ逃げる奴は、追いつかれて死ぬ。

だからって逃げれないような場所へ逃げたって、当然追い詰められて死ぬ。

「茸《きのこ》と名乗ったからには籠に入れ、か」

やると決めたらとことんやれ。やれるだけやってみろ、ダニーラ・クラギン。

俺は叫んだ。

「正面、そのまま突っ込め！」

「ええ！」ハンドルに齧りついたタチバナ女史が目を剥いた。「……ええッ⁉」

「気にすんな！　残業なんかしてるやつぁ我が祖国にいねえ！」

タチバナ女史は何かを言おうとしたが、脇見《わきみ》運転は事故の元だ。それに時間も無い。

挽き肉寸前のラダニヴァは、勢いそのままにスーパーマーケット《ウニヴェルサーム》へと入店した。

◆

「い、生きて……ますか……？」

「あんたに死なれると金をもらえんからな」

もはや二度と動くことはないだろうラダニヴァから、俺は店内へと這い出した。

見ての通り――といっても暗視装置などない。暗闇に慣らした目で見たとおり、大惨事だ。

突っ込んだ車によって空っぽの陳列棚はなぎ倒され、ガラスは砕け、残骸は飛び散っている。

だがそれでも店の中は広く、そして身を隠せるものでいっぱいだ。おまけに出入り口も多い。

そして当然、スペツナズどもも飛び込んではこない。当たり前だ、スペツナズだぞ？

どっかの馬鹿な《掃除屋》ならともかく、連中は優秀だ。警戒する。罠も考える。

単に事故っただけなのか。車の中で潰れてるのか、怪我して隠れてるのか。待ち伏せか。

連中は装甲車の活躍できる状況を熟知しているし、すかさず停車できるほどに腕っこきだ。

それに敵は七人——いや六人か。車の中に待機組がいなけりゃあの話だが——ともあれ。

その人数じゃあ、この店を包囲することも、すべての出口を抑える事も難しい。

ましてや中にいるかどうかを確かめる手間暇ときたら、助けてえ！　だ。

俺ならとっとと諦《あきら》めて店ごと吹っ飛ばすところだが、スペッツナズはそれをしないだろう。

そこまでするほど本気なら、最初から一支隊以上動員するし、俺はとっくに死んでいる。

雀を大砲で撃つ馬鹿はいない《イズ　プシキ　ポ　ヴォロビヤム　ニェ　ストレリャユト》。

つまり、連中はどうしたって店の中を調べなきゃならなくなった。

それもただでさえ少ない人数を表と中に分割して、だ。面倒くさくてたまらないだろう。

素直に追いかけっこなんかしてやるかってんだ。テーブル蹴っ飛《と》ばして逃げるに限る。

降車して少数で迅速に店内を走査。俺たちがここから逃げたと確信するまでの、貴重な数分。

それを確保するためには、タチバナ議員にはさっさと立ち上がってもらわにゃならん。

「行きますよ、死にたかないでしょう？」

「え、ええ……」

静かに進めば、その分だけ遠くに行けるもんだ。

俺たちはスペッツナズがカブトガニを止めるブレーキ音より早く、身を屈《かが》めて店内を走った。

我らが祖国の建物は、大体からして構造が同じだ。

もちろん向こうだってそれはわかってるだろうが、こういう時は助かる。

なにせ初めての店でもトイレの場所がわからないという事が無い。

すぐに搬入口から外へ出て、影も残さずに俺たちはモスクワの路地に逃げ込んだ。

「これから、どこへ向かえば……」

「連中が追っかけてこないとこでしょうよ」

俺は走りながら、撃ち尽くしたペペシャの弾倉を外し、新しいものに交換する。

通じないからって弾を込めておかない理由はないものだ。

両手が習慣に任せて動くのをそのままに、俺はモスクワの夜に《吹雪》を探した。

彼女は明滅する信号の中にいた。交差点の正面と左が赤に、右側が緑に輝く。

点灯時間を刻む緑の数字は変わらず、しかしただ俺を急《せ》かすようにちかちかと瞬いている。

まったくできの良い妹だ。俺は躊躇《ためら》わず、路地を右に曲がって走る。

次は左。その後は正面。右、右。正面。

交通管制局《TSODD》の連中も、たまには仕事にメリハリがついて良いだろう。

そうして導かれた、その先で――――……。

「よぉし、ヴィブロ《タイミング》ばっちりだぜぃ……!!」

タイヤを軋《きし》ませながらＧＡＺ《ゴーリキー自動車工場》のトラックが横滑りして、俺達の前に駆けつけた。

運転席から顔を覗かせるのは、夜だってのに雪目防止の色眼鏡《いろめがね》をつけたワレリーだ。

「よお、兄貴！　おまたせ！」

「おう、良い仕事だな」

俺は窓に手を突っ込んで弟の頭をわしわしと撫でてやってから、幌付き荷台へ向かう。

すっかりやんちゃに育ったこいつは、今やいっぱしの《運び屋《コントラバンジスト》》だ。

正直マリーヤ共々言いたいことはあるが、なに、手に職つけたって意味では良いことだ。

少なくともノーラよりはよっぽど良い。俺は短機関銃を放り込み、荷台に身を持ち上げた。

「議員さんは助手席へ。ワレリー、失礼の無いようにしろよ」

俺は二人に見えないのを良いことに、にやっと唇の端を吊り上げた。

「なんといっても、淑女だからな」

「ええ、よろしくお願いしますね、同志」

もっとも、俺だってそれを聞いた議員がどんな顔をしたかはわからないが。

「どうぞご安心ください お嬢さん《ガスパジャー》！　安全にお運びしますよ！」

だが調子の良い事を言うワレリーの表情は、想像しなくたって頭に浮かぶもんだ。

俺は笑いを噛み殺しながら荷台に身を埋め、ワレリーが車を走り出させるのに任せた。

あいつは格好つけているつもりだろうが、どうにも締まらない自覚はあるんだろうか？

せめて乗り回してるのがタチャンカ《テクニカル》じゃなけりゃ、だ。

『手押車ちゃん《タチャンカ》』は、トラックに重機関銃を積んだ代物だ。

三百年前の荷馬車だった頃よりは進歩してるが、周りも進んでる。つまり大差はない。そしてそのうちでも最先端が追っかけてきてるんだから、まったく余裕は無いわけだ。

「おい、来やがったぞ！」

俺は迫りくる甲殻類めいた装甲車の姿に、運転席とを仕切る鋼板を掌で叩いた。

「あいよ、兄貴！　落ちるなよ！」

「言ってろ！」俺は怒鳴った。「ルビャンカだ、飛ばせ‼」

中古のGAZトラックは、年季たっぷりの唸りを上げてモスクワの道路を飛び越える。

俺は遠慮なく弾む荷台の上でもたつきながら、素人溶接の銃架へと飛びついた。

銃架しかなかった。

「おい、銃がねえぞ⁉」

「いけねっ」ワレリーの叫び。「民警《ミリツィア》がウロついてたから外してたんだった！」

「お前天才《マスタルズドロヴァ》だな‼」

五歳の頃なら尻叩きじゃ済まんぞ。俺は荷台の片隅から細長い包みを拾い上げる。

ボロ布を引っ剝がしたら出てくるのは、デグチャレフ重機関銃だ。

「う、お、お、お……！」

だが俺がそれをガチャガチャと銃架に固定する間に、スペツナズのアバカンが火を噴いた。

重金属弾がバスバスと情け容赦無く幌を切り裂く中、俺は中途半端《ちゅうとはんぱ》な固定で重機を構える。

「行くぞォ《ヤパショール》!!」

耳をつんざく轟音。撒き散らされる薬莢《やっきょう》。目を焼く炎。装甲板で瞬く火花。

さっきと同じようにフロントガラスを狙うのだが、目くらましになる気配もない。

まぐれ当たりでカメラの一つ二つ吹き飛べば良いのだが、どこに仕込んであるのやらだ。

――やっぱスペツナズはすげえな。

俺は笑った。イワンも昔はすごかったんだ。あんな手を使わなきゃ俺は死んでた。

「も、もうちょっと良い車はなかったんですか……!?」

「予算の問題ですよ、お嬢さん！」

ワレリーの返事。ケツを――つまり荷台を俺ごと――大きく振って、トラックが道を曲がる。

がくんがくんと揺さぶられる俺の耳に、タチバナ女史の深々としたため息が届いた。

「……減らしすぎましたかねぇ」

「《機関《オルガン》》の予算は今の十倍にしてやれ！」

そうすれば俺の報酬も十倍に――なるわけはないのだが。ま、何ルーブルかは増える。

少なくとも――そう、装甲車から飛び込もうとするようなスペツナズを相手取るには安い。

俺の命の値打ちとしてははした金程度で当然だとしても、だ。

「マジかよ《セリョーズナ》……！」

俺は目を疑った。ハッチを開けて、中から出してきたのは小柄な防弾装甲服。

それが、軽々と宙を舞って虚空へと跳んでいた。

支隊長だろう。その動きは人間離れしていて、いっそ機械化兵《キボルグ》より猛獣に近い。

ブラウン管の中でしか見たことのない、密林に潜む豹《ひょう》か何かが躍りかかる様。

もちろん一秒、二秒の刹那の間にそんな悠長な事をのんびり考えていたわけではない。

俺が見たのはトンと装甲車の屋根を蹴って、此方めがけて飛び込んでくる支隊長。

その右手が襟元に伸びたのを見た瞬間、俺の体はほとんど反射的に動いていた。

「ウラーッ!!」

「……ッ!?」

右足が俺に叫び声を上げさせて、思い切りデグチャレフを蹴り飛ばす。

ボルトが弾け、付け焼き刃の溶接が剝げる。銃架ごと重機関銃が荷台から転げ落ちた。

「──ぅ、あ……ッ!?」

思ったより高い悲鳴──反射的に誰だって出る──金属の塊が支隊長にブチ当たる。

小柄な体が仔猫《こねこ》みたいに吹き飛ぶ。その手から溢《あふ》れた飛び出しナイフが、道路に消えた。

──ありがとうよ、イワン。まだ生きてるぜ。

だが、いや、まったく、冗談じゃねえ。

道路に弾んで火花を上げ、そのままカブトガニに食い殺されたのは重機関銃だけだ。

支隊長は一瞬だけアスファルトの上で転げたかと思うと、次の瞬間には毬《まり》のように跳ねる。

そしてまるでビデオテープの巻き戻しのように、音もなく装甲車の上へ降り立ったのだ。

「悪あがきを……！」

「……チッ！」

人間かどうかも怪しい化け物だが、運転席から上がった悲鳴はそれが原因ではもちろん無い。

「俺のデグチャレフ《ティフ》が！」

「そんなもん積んでっからバランスが悪いんだ！」

俺はワレリーに怒鳴り返しながら、次の一手を打つべく荷台の上を引《ひ》っ掻き回した。

「金出してやっからもっと考えた改造しろ！」

「やったぜ！」

景気づけにクラクションが二度、三度。やかましいと思ったのは俺だけではなかった。

支隊長は時間を無駄にすることなく、車上からアバカンの狙いが俺に向けられる。

次の瞬間には重金属弾が赤い牙を剝き、俺に襲いかかってきた。

トラックの幌は切り裂かれ、車体に穴が空く。ワレリーの喚《わめ》き声、タチバナ女史の悲鳴。

飛び散る火花。かすめる銃弾。全身の毛が逆立つ。息が荒い。泣きたくなってくる。

だが俺はトラックの荷台に張り付いたままだ。トカレフを握りしめるみたいに。

俺はもはや二度と役立つことはないだろう、重機関銃の弾薬箱を荷台から蹴り落とす。

途端、ぶち撒けられた真鍮《しんちゅう》色の薬莢が、じゃらじゃらと音を立てて路面一面に広がった。

きらきらと輝く鈍い金色は目にも楽しいが、こいつに足を取られれば車だって滑る──……。

「──わけもねえよな！」

物ともしないでカブトガニは突っ込んでくる。知っている。構うものか。時間は無いんだ。

俺はペペシャを突き出し、惜しみなくぶっ放す。七十発ばかしの追加はもう誤差だ誤差。

「な──……ッ!?」

もし俺が目を機械化してたんなら、きっと防毒面越しに支隊長の見開いた瞳を見ただろう。

相互理解は成立したようだがもう手遅れだ。車内の人間にゃわかりようもあるまい。

次の瞬間、俺のペペシャを喰らった弾薬箱が、花火のように弾け飛んだ。

爆発、閃光《せんこう》、次々と四方八方手当り次第無差別にかっ飛んでく暴発弾。

爆竹をばら撒いたってこうはいくまい。いや、それにしたって物騒だが。

四方八方に飛び交う徹甲弾は、あろうことか走るカブトガニの下に飛び込んでいく。

もちろん、あんなデカブツは地雷にだって耐えられる。こんなもんで撃破できるわけもない。

だが、目眩《めくら》ましにはなる。十分に。

「こ、の……！　間抜け《カプースタ》!!　きちんとハンドルを切りなさい！」

一瞬、巨体が左右にぶれる。揺さぶられた車上の支隊長が苛立ちを隠しもせずに怒鳴る。

その数秒程度の時間を、ワレリーは、俺の弟はしっかり物にして活用してのけた。

のたうつのを辞めてアクセルを踏んで、加速して曲がる。それだけだ。

だけど、俺はそれをしてほしかった。そのために必死こいて時間を稼いだんだ。

俺は頭上を通り過ぎる標識の文字を、しっかりと読み取っていた。

ルビャンカ広場。

もちろんモスクワ中あちこち走り回って、此処まで車を飛ばしたのは観光するためじゃない。

もちろん、広場にそびえ立つ、欧州でも一番と評判な玩具屋の本店に用があるわけでもない。

俺のお目当ては、その玩具屋の隣のビルだ。

近所のガキ大将に喧嘩《けんか》を売られたらどうする？　それもとびっきりおっかないやつ。

端《はな》っから喧嘩で勝とうなんざ思っちゃいけない。母親か父親に泣きつくのが一番だ。

生憎《あいにく》と俺には親はいない。

となれば、我らが国家保安委員会——ＫＧＢ《依頼人》によろしくしてもらうに限る。

「畜生《カシマール》!!」

さしものＧＲＵスペツナズも、ＫＧＢ本部ビル前でドンパチなぞできやしない。

そこまですれば嫌がらせではなくて、政治だ。政治は面倒だ。誰だってやりたいはずもない。

支隊長が毒づきながら部下にブレーキを掛けさせ、カブトガニが横滑りしながら停車する。

「はっはあ！」

あっという間に小さくなっていく追手を遠目に、俺はどうにか目出し帽を引っ剝がした。

切り裂くような冷たい夜風が、火照って汗ばんだ頬に爪を立てて抜けていく。

銃もだめ。機関銃もだめ。車もだめ。敵はスペツナズ。こっちは《掃除屋》。勝ち目はゼロ。

だったら言うべき事もやるべき事も一つだけ。

「『助けてえ《パマギーチェ》』だ！」

◆

俺を――いや、タチバナ女史を待っていたのは、艶々と濡れた黒の乗用車《ヴォルガ》だった。

夜だというのに光沢で存在のわかるその傍らに、やはり夜景から浮かび上がる黒い背広姿。

これほど自分の職業を隠していないヤツも珍しい。

ＫＧＢには名刺ってものはきっとないんだろう。《掃除屋》も同じだ。

俺はＫＧＢの黒ヴォルガとはかけ離れた、穴だらけのトラックの荷台からどうにか這い出る。

同じＧＡＺ《ゴーリキー自動車工場》製でも、まったく、嫌になるほど違うのだから参ってしまう。

ぴしりと皺一つ無いスーツと、よれよれの防弾服。俺はまったく、嫌になってしまった。

「よくやった、同志クラギン」

「なんてこたぁねえよ」

黒服からそう言われて、俺は小さく肩を竦めて答えた。

そう、なんてことはない。俺はやれるだけやった。その結果がこれだ。

スペツナズが本気であったならとうに俺は死んでた。タチバナ女史も、ワレリーもだ。

俺にできるのはこの程度の仕事で、しかしそれを何とかやり遂げた。

「万事良し《フショーフパリャートケ》だろ？」

「無論《ダー》だ」

「ハラショー」

そう呟いた時には、既にワレリーがトラックの助手席からタチバナ議員を降ろしている所だ。

映画か漫画の見様見真似だろうが、様にはなっている。穴だらけのトラックでさえなきゃあ。

「どうぞ、お嬢さん。良いドライブだったでしょう？」

「え、ええ。……そうですね。大変、刺激的でしたとも」

そうして手を引いて助手席から降り立ちながら、議員はにこりと微笑んで見せる。

我らが祖国が民主化されたとしても、彼女ならきっと将来安泰であろうよ。

タチバナ女史はカツカツと靴の踵《かかと》を鳴らし、優雅に俺とすれ違う。

「ありがとうございました《スパシーバ》。優秀な《掃除屋》さんがいるんですね。知りませんでしたよ」

「とんでもない《ニェーザシト》。……どうぞ、今後ともご贔屓《ひいき》に」

「こちらこそ。何か有りましたら是非」

そして彼女は女優さながら、つまりスターシャさながらの優雅さでヴォルガの後部に入った。

俺はそれを見て、やっと息を吐く。そして、黒服へと言うべき事を言った。

「それで、報酬は？」

「《吹雪《メチェーリ》》から受け取りたまえ」

黒服は《掃除屋》もその弟も一瞥《いちべつ》する事なく、さっさと運転席に収まってしまう。

そして、上等な防弾ガラス越しに一言。

「重ね重ね、ご苦労だった。同志クラギン」

「どういたしまして」

俺の返事が聞こえたかどうか、そもそも聞く気があったかどうかさえわからない。

言い終えた頃にはヴォルガは既に走り出していて、タチバナ女史を連れ去ってしまっていた。

《機関《オルガン》》の思惑《パジャーリスタ》がどうであれ、生かしておく気ならもう安全だろう。

俺の仕事は終わった。

結局の所、俺が生きているのは様々な組織の綱引きと手加減のお陰だ。

政治局やらKGBやらGRU。《掃除屋》は複雑怪奇に張られた綱の、その隙間にいるだけ。

薄い氷か分厚い氷か、確かめる暇もなくその上で踊り続ける自分。

それを意識する度に、俺は生きた心地もしないのだ。

「兄さん、ワレリー、お疲れさまでした」

「うおっ⁉」

だから不意に暗がりからマリーヤが現れて、真っ先に飛び跳ねたのはワレリーの方だ。

影の中から音もなく歩み出てきた彼女の隣には、ぴたりと黒猫のように侍《はべ》るノーラの姿。

ノーラはにまにまとした笑みを隠そうともせず、愉快げに指先から爪《ノーガチ》を出し入れしてみせた。

「ミャーウ♪」

「なんだ、ふたりとも来てたのか」

俺がそう言うと、ノーラは「ふふん」と自慢げな表情。

「マリーヤ姉のお手伝い。これなら文句ないでしょ？」

「まあな」

マリーヤに目配せ。苦笑交じりに頷く。どうやら嘘《うそ》じゃあないらしい。なら、良いだろう。

もちろん穴だらけの愛車に張り付いてるワレリーだって、黙っちゃいない。

弟は大げさな動きでもってその胸を撫で下ろし、人騒がせな姉と妹へ怒鳴った。

「やめてくれよ！　死ぬかと思ったじゃんか！」

「あはは、ワレリーったらビビってら！」

「この程度の仕事でびくびくしないでください。モスクワでは日常茶飯事ですよ？」

「俺も大概ビビってたけどな」

俺がハハハと笑うと、ノーラがけらけらと笑い、マリーヤの目つきが鋭くなった。

だが、妹も今の俺に説教を垂れる気はないのだろうか。目溢《めこぼ》ししてくれたようだ。

マリーヤは鋭く一度舌を打つと、ポケットから封筒を取り出し、俺に差し出した。

「どうぞ、兄《ナ》さん」

「おう」

封筒の中身は、もちろんルーブル札の束《たば》だ。

ぴんと揃《そろ》った新札を、俺は意味もなくパラパラとめくる。

マダム・ピスクンのようにはいかないものだ。

札束を二つに分け、そのうちひとつを輪ゴムで束ねた。そして片方をワレリーに押し付ける。

「……悪いぜ、兄貴」

「良いからもらっとけ。仕事をしたんだ。男の仕事だ。受け取れ」

途端にうろたえるワレリーを無視して、俺はやつのポケットに札束をねじ込んでやった。

こうでもしないと受け取りゃしないし、受け取らなきゃ車だって直せねえだろうに。

俺はじろりと弟の目を睨みつけて、念の為に釘を刺しておく。

「手間賃と修理代だ。ちょろまかして他の事に使うなよ」

「……わかってるよ」

しぶしぶと頷いたのを見て、ひとまずは良しとする。

俺は残った札束を三つに分けて、うち二つ分を輪ゴムで束ねた。それをマリーヤに渡す。

「生活費だ。飲み食いだの何だのはそっから出せよ」

「兄さん……それは――……」

マリーヤが何か言いかけるが、俺にはまったく興味の無い事だ。

俺は学が無い。算数だってそう得意じゃあない。マリーヤの方が出来は良いのだ。

だが、金はいくらあったって困らないってくらいの計算はできる。

「ちょろまかして他のことに使うんじゃねえぞ」

「………はい」

俺がそう言うと、ようやくマリーヤは札束を受け取って、それを大事そうにぎゅっと握る。

家の壁の隙間、そこに隠してある缶からにでもしまうのだろう。

それとももう彼女の貯金箱は別の場所に隠されてしまったのか。わざわざ探す気もないが。

俺は最後に残った札束――というには薄い代物――を輪ゴムで束ね、ポケットにしまった。

そう、これでしまいだ。

ルビャンカ広場の《機関》ビル前。もとよりひと気の無い場所だ。

夜はとっぷりと更け、人通りも絶えた。遠くに聞こえる車の音。発砲音。

吐く息はすぐに街灯の色に染まって、俺の目の前をふわふわと漂って、溶けていく。

走り回った熱はあっという間に抜け落ちて、刺々《とげとげ》しいほどの寒さが全身に突き刺さっていた。

「ねえ、ダーニャ兄！」ノーラが叫んだ。「あたしの分は?」

「お前は」と言ったのはワレリーだ。「今回なんも手伝ってねえだろ」

「え、ちゃんと仕事したよ！」

「何をだよ？」

「マリーヤ姉の護衛！」

ふんすと鼻息も荒く、姉と同様の胸元をノーラは反らす。それをワレリーは鼻で笑った。

「だったら報酬は姉貴からもらえよ。兄貴じゃなくて！」

「ぶー！　マリーヤ姉、ワレリーが意地悪する！」

「ふたりとも、喧嘩はやめなさい。ああ、もう、まったく……兄さん！」

「よし」と俺は言った。

両腕を回して、弟と妹たち、三人の背をばしりと叩くようにして抱いた。

「じゃあ、帰って飯でも喰うか」

◆

「おい、同志、聞いたか？」

「《水族館《アクヴァリウム》》とやりあって、上手いこと稼いだ奴がいるらしいぜ」

「へえ、スペツナズと？　やるもんだな」

「なあに、どうせすぐに死ぬさ……」

そうとも、誰だっていずれは死ぬもんだ。
《掃除屋》たちの噂話は俺の耳にだって届くし、俺だってたまに加わってお喋《しゃべ》りはする。
腕っこきと評される《掃除屋》はちらほらと話題に上り、やがて消えていくものだ。
死んだのか、引退したのか、河岸を変えたのか、まったくわからない。興味も無い。
路地裏の伝説、影の中で長く語られる魔女の家《バーバ・ヤガー》の怪物めいたお伽噺《とぎばなし》とは、わけが違う。
俺は《先生》でもなけりゃ、イリヤー・ムーロメッツ大尉でもない。
何処にでもいるような一山幾らの一流というのは、そんなものなのだ。

◆

「んっ、あ……」
吐息に合わせてふるりと震える、陶磁器のような乳房の稜線《りょうせん》に指を這わせた。
白いシーツの海の中で溺れるようになりながら、彼女は身を捩り、息を喘《あえ》がせる、
——得をしたのは誰だろう？
KGBは予算を節約した上で、経済局《ナルコムフィン》に恩を売れた。
GRUは人員を損耗すること無く、一定の脅迫行為を成し遂げた。
タチバナ女史は生きながらえて、少しGRUへの締め付けを緩めた。

マリーヤは実績をあげ、八方丸く収め、金を手に入れたことだろう。

そして、俺。

生き延びた俺は、金を払って、白く美しい、かたちの整った稜線を愛撫《あいぶ》している。

そして穴が空いたままの、使い古した防弾服だけが手元に残った。

「ダーニャ」

不意に名前を呼ばれ、俺の髪の毛をくしゃくしゃと白い手がかき混ぜた。

そのまま俺の鼻先は雪嶺に墜落し、俺は石鹼《せっけん》の甘酸っぱい香りを肺いっぱいに吸い込む。

「今、別の事を考えていたでしょう……？」

目線を上に向ければ、最愛の人《リュビーマヤ》。

頬を赤く上気させ、瞳は潤んで、滲《にじ》んでいる。

彼女をそうさせたのが自分だという事実が、何とも俺の男を昂《たか》ぶらせる。

「私のこと、考えてくれないと、ヤです《ニェット》」

「……服、繕ってくれるか？」

返事は唇だった。

「ん……っ、ダー……ニャ……ッ、ダーニャ……ッ」

はふ、はふ、と切なげな吐息。スターシャは喘ぐように呼気を求めて、俺の口を吸う。

舌先が躊躇うように伸びてきて、恋人たちがそうするように絡まりあった。

俺は彼女の求めに応えた。

「ふぁっ……あっ……んっ、ダーニャ……ッ　んっ……あっ、ダーニャ……ダーニャ……っ」

かつて百ルーブルは、俺にとって世界を買えるほどの大金だった。

だが今はどうだろう。この一晩で、精一杯だ。

だから俺は精一杯に優しく、彼女を愛することに意識を向けた。

《掃除屋》にできる事といったら、それぐらいなのだから。

かわいい女

「よくもやりやがったな《掃除屋《リクビダートル》》!!」

「てめえ死んだぞ!!」

まあ機械化兵《キボルグ》二体に追いかけられてる奴《やつ》は、だいたい死にかけてると言って良い。

集合住宅《コムナルカ》の二階から飛び降りて足を挫《くじ》いた《掃除屋》なんてのは、ほとんど死んでるわけだ。

「チッ《ティフ》、これだから衝撃緩衝器《アモルチザートル》付は嫌なんだ……!」

俺《おれ》は相手のバネ脚に呪《のろ》いを浴びせながら、灰色の雪が積もる路地裏を転げ回る。

モスクワの路地裏はだいたいわかっているつもりだ。なにせ鉄の男閣下のお陰でどこも同じ。

俺が片足引き引き遮蔽《しゃへい》へ飛び込んだ途端、コンクリートの壁が虫食いみたいに抉《えぐ》れて砕ける。

「畜生《サバーカ》め！　ちょこまか動きやがって……!」

喚《わめ》く機械化兵の手にあるのが、馬鹿《ばか》みたいにでっかい自動拳銃だって事も知ってる。

ＶＡＧ七三なんて代物で嬉々《きき》としてぶっ放すのは、馬鹿か兵隊崩れかその両方だ。

なにせこいつの弾薬は、スターシャの口紅よりもぶっといロケット弾だ。

おまけに確か装填数《そうてんすう》は四十八。そんなに撃たなくたって人は死ぬ。特に生肉《ミャーソ》なら尚の事。

そいつが次々とフルオートで壁にぶち当たってくるんだから、死んだも同然なのは確かだ。

俺としちゃ馬鹿であって欲しいが、別にそれを期待して路地裏を走ってるわけじゃない。

マフィア《ブラトノイ》の用心棒《ヴィシヴァラ》だ。強いってことは十五の頃から知ってる。

「来いよ《ダヴァイ》！」

怒鳴りながら体を捻《ひね》って、俺は短機関銃《ペペシャ》の銃爪《トリッガー》を弾いた。

途端、ホースで水をぶち撒《ま》けたように飛び出す、七．六二ミリのトカレフ弾。

狭い路地いっぱいに広がったそいつが、先頭の機械化兵にぶち当たって火花を上げた。

「ぐわ……ッ⁉」

「なにやってやがる、腰抜け《トゥルース》！」

よろけたそいつを除けて、ガリガリ装甲を壁に引っ掛けながらもう一人が押し込んで来る。

――体操とかして減量してねえからだ。

言ったらスターシャかノーラに引っかかれそうな事を呟《つぶや》きながら、俺は次の角を曲がる。

いや、マリーヤもか。あいつ部屋に引きこもってばっかだもんな。ペペシャの弾倉を外す。

今度ワレリーに言ってマリーヤを引っ張り出させるか。空の弾倉を背後へと投げつける。

バキッという撃発音が轟《とどろ》いて、空中で弾倉がひしゃげて吹き飛んだ。

「もう手榴弾《グラナータ》は喰《く》わねえぞ！」

「おおっと《オイ》！」

あれが手榴弾に見えたなら幸いだ。俺は目出し帽の下で唇を引きつらせ、次の角へ飛ぶ。

これで十発——なんてイリヤー・ムーロメツ大尉なら数えて弾切れを狙《ねら》うのだろう。

だが生憎《あいにく》と俺はムーロメツ大尉じゃあない。

十発撃ったか二十発撃ったかも曖昧だし、そもそもVAG七三の装塡数を考えてみろ。

相手二人がかりで九十六発もロケット弾を打ち込まれた後じゃ、俺は屑肉《ファーシュ》になってる。

まだ生きてるのは俺が狭い路地を転げているからで、相手だってすぐにどうこうするだろう。

もちろん連中が馬鹿だったら別で、俺はそれに期待しているが、まあ無理筋だ。

機械化兵《キボルグ》二体相手に生肉《ミャーソ》の《掃除屋》が一人で正面からやりあって倒す。

神とかいう非科学存在の御加護があったってありえない話だ。

つまり——俺は今日も、やれるだけやらなきゃならないようだった。

◆

「ほら、ダーニャ。今日もまたマリーヤちゃんのお手伝いでしょう？」

「あいつは昔から兄貴に対する敬意が足りねえんだ」

俺は柔らかなクッションに遠慮なく体を埋めてくつろぎながら、スターシャの尻《しり》を見ていた。

ぴったりとしたジーンズは実に窮屈で、実際に指を入れると尻に埋まるほどに隙間《すきま》がない。

だからスターシャの形の良い太ももが動く度、きゅっと音が鳴りそうに思えるのだ。

子供ががらがらを眺めていると飽きない気持ちも、今の俺なら良くわかった。

「いつもびゅうびゅう吹雪かせてきやがる」

「甘えているんですよ、ダーニャに」

「そんなもんか？」

「ええ」

きゅっと音を立てて可愛《かわい》い尻が反転し、スターシャの微笑《ほほえ》みがこちらを向いた。

スターシャがにっこり微笑んで頷《うなず》くのなら、そうなんだろう。彼女の言葉はいつも正しい。

おまけに言葉と共に台所から現れた彼女の両手には、温かな湯気をあげる鍋が握られている。

俺は妹への愚痴を投げ捨てた両の掌を擦《こす》り合わせ、「やったぜ」と呟いた。

「ほら、ボルシチができましたよ」

「おう」

最初に食べた時から何年も経《た》って、スターシャのボルシチには具材が大分と増えた。

俺はそれを素直に喜んでるし、それを食えることも喜んでいる。何一つ悪いことはない。

目の前に置かれた上等な食器へ、俺はがっつくようにして食いついた。

ボルシチといっても色々だが、俺はビーツの赤いボルシチにスメタナを載せたのが良い。

というより、良くなった。とりあえず食えるだけの代物じゃ、好き嫌いなんて出来やしない。

俺と弟妹たちの好みってやつは、だいたいがスターシャが教えてくれたものだ。珈琲《コーヒー》も。そして柔らかく煮込まれた塊の牛肉を頬張《ほおば》って、ぐにぐにと噛《か》み解《ほぐ》して肉の味を堪能する。普段なら、俺はこいつに夢中になる。スターシャのボルシチより重要な事はそうはない。けどスターシャのボルシチより、スターシャがにこにこじいっと見ている事の方が上だ。スターシャはテーブルに両手で頬杖《ほおづえ》をついて、黙ったままこっちを見てきやがるのだ。目を細めて、にこにこと。上機嫌なのは良いが、子供でも見るような目線は気に入らない。がっついて喰うのが、なんだか恥ずかしくなる。俺はスプーンを握ったまま、言った。

「……食わないのか？」

「ダーニャが食べているのを見るの、楽しいですから」

舌打ちをした。そうするとスターシャは、ますます機嫌よく、鼻歌でも歌いそうにしやがる。これじゃ、本当に子供じゃねえか。まったく気に入らない。

俺はぐるぐると意味もなくスプーンで虚空をかき混ぜた後、どうにか口を開いた。

「……。良いから食えよ。見られてると喰う気がしない」

「はいはい。わかりました」

スターシャはそう言って、ようやく自分の料理に手をつけはじめた。

彼女の舌は猫のように繊細《チュストヴィテリヌィ》だ。熱けりゃ熱いほど良いような、俺の舌とは出来が違う。だからスターシャはちびちび、細かくスプーンを使ってボルシチを口に運ぶ。

唇を尖《とが》らせて、ふう、ふうと一所懸命に息を吹きかけて、そっとスプーンを食《は》む。

そしてうん、うん、自分の味を確認するように頷き、こくりと喉《のど》を動かして嚥下《えんげ》する。

その動作一つとっても綺麗《きれい》で、なるほどこれが礼儀作法ってものかと、俺は感心するのだ。

けど昔初めて一緒に食べた頃から、スターシャの雰囲気は変わっていないようにも思う。

とすると、これはスターシャが最初から持っていた彼女のものなのかもしれない――……。

「…………ダーニャ？」

「うん？」

だから俺はスターシャが半眼になって此方《こちら》を睨《にら》んだ時も、すぐにわかった。

さて、何だろう。ボルシチにスプーンを浸したままなのは行儀が悪かったか？

首をかしげる俺を、スターシャは無言のまま手招きをする。身を乗り出す。スターシャも。

「……んっ」

両手をテーブルについたスターシャの、啄《ついば》むようなキスと舌。ボルシチの味。

なあに、冷めてしまったってスターシャのボルシチが最高なのは当然だ。

そんなわけで、その日も俺は特段変わったこともなく、日常ってやつを過ごしていた。

◆

「やっと降りてきたね、ダニーラ・クラギン」

「……うす」

だから当然、この婆《ばあ》さんとも顔を合わせる。

ガシャリと音を立てて格子戸が開いた先に、マダム・ピスクンの鷲鼻《わしばな》があるのは心臓に悪い。

時々、昇降機にコペイカを放り込んでるのは、彼女に会うためなんじゃないかと思う。

今度はいっそ階段を使って下りてみようか。なんとなく、先回りされそうな気もするが。

「なんだい。今日は髪に櫛《くし》入れて、泥と埃《ほこり》も払ってきたのかい。普段は怠けてるわけだ」

マダム・ピスクンが立つと、この豪華なホテルの豪華なロビーも、彼女のための舞台になる。

主演女優は堂々たる仕草で鉤爪《かぎづめ》のような指を伸ばし、俺の肩と、脇腹《わきばら》を強く突いた。

「相変わらず野暮《やぼ》ったい上着と、玩具を持ってきてるのは頂けないがね！」

正直重金属弾で撃たれた方がマシな痛みだ。それかマダムの指は重金属製に違いない。

俺はずきずきと痛む肩に顔をしかめながら、唇を尖らせて言い返した。

「此処《ここ》に来る時が一番危ないって、イワンが言ってたからさ」

「危ないのはあんたであって、此処じゃあないだろうよ」

ぴしゃり。まったくもって、その通りだ。

スターシャはいつだって間違えないが、マダム・ピスクンだってそうだ。

この小さくて細くて痩せてる婆様は、けれどその十倍はある機械化兵《キボルグ》より正確無比。

もし彼女が路地裏で目の前に現れたら、俺は短機関銃《ペペシャ》を放り出して両手を上げるつもりだ。

もっとも幸いなことに、マダム・ピスクンはそんなはしたない真似《まね》はしないのだが。

そして不幸なことに、今この瞬間、彼女は俺の目の前にいる。逃げられるわけもない。

けど、俺だって一端《いっぱし》の《掃除屋《リクビダートル》》だ。何の備えもしないでノコノコ来ない。

俺は一回りくらい大きくなって、防弾服の真新しい継ぎ当てを見せびらかした。

「それに、ほら。スターシャはこんな丁寧に繕ってくれるんだぜ？」

「あたしが仕込んだんだ。上首尾なのは当然だろうよ」

俺はしょんぼりと二周りくらい小さくなった。

それを見たマダム・ピスクンは鼻を鳴らし、情け容赦なんて言葉と無縁の声を投げてくる。

「だいたい、そんな事で女優《アクトリサ》を煩《わずら》わせるんじゃないよ。指を刺したらどうするんだい？」

「……はい《ダー》」

「次からは私のとこに持ってくるこったね」

マダム・ピスクンは鼻を鳴らし、ついと優雅な仕草で俺に掌を差し出してくる。

俺は素直にポケットから封筒を取り出し、ルーブルを数えてから、彼女へ手渡した。

「どうぞ《ナ》」

「よろしい」

マダム・ピスクンは貴婦人が畳んだ扇をそうするようにして、封筒をドレスにしまう。

俺はそれを見て、やっと安堵《あんど》したように息を吐いた。

「ま、服については良いさ。あんたが夜会服《ヴィチェールニー・トゥアレート》なんぞ着ても似合いやしないんだから」

無理して格好つけたって間抜けなだけだ。マダムは辛辣《しんらつ》だが、俺もその通りだと思う。

弟や妹たちならともかくも、弾勘定がやっとの《掃除屋》がボリジョイ劇場に来た所で、だ。

だが油断したところを不意打つのは《掃除屋》の基本中の基本だ。

そしてマダム・ピスクンは女優としても一流だが、きっと《掃除屋》をやっても一流だろう。

「けど、舞台を見に来るんなら、せめてタイぐらいはつけてくるこったね」

俺はマダム・ピスクンの言葉に「う」と呻《うめ》いた。舞台を見に来い。そりゃわかってる。

マダムは情けのかけらも無い人だが、俺が説教を守らなかった時ほどじゃあないのだ。

どうにか上手《うま》い言い訳が見つからないもんか、俺は天井《てんじょう》の絵を見た。

どこの誰《だれ》が書いたのかも知らない俺には、さぞ長い梯子《はしご》を使ったんだろうとしか思えないが。

命綱はあったんだろうか？

たぶん無かったか、俺が思いつくよりも上手い方法で描いたに違いない。

俺がさらにもう一回り小さくなった様子を見て、マダムが呆《あき》れたように目を細めた。

「律儀に払うだけの稼ぎはあるんだ。券《ビレーチク》が買えんってこたぁないだろう？」

「スターシャの出る舞台は、三ヶ月前から予約で一杯だからさ」

「なら四ヶ月前に予約しな」

ごもっともだ。俺は結局、降参を別の言葉で言うしかなかった。

「……そのうちに《ナドゥニャフ》」

「後回しにして良いことなんてないよ！」

「……はい《ダー》」

◆

「まったく、おばさま《バブシュカ》の仰《おっしゃ》る通りですよ、兄さん」

その通り。《掃除屋《リクビダートル》》に明日なんてものがあった試しは無い。

狭いながらも楽しい我が家《下水》の一角で、俺は妹からの小言に頷くばかりだ。

もっともこの下水を一番余計に狭くしているのだって、この出来の良い妹なのだけれど。

実際問題、こんなたくさんの電卓――電子計算機ってのはそれだろ？――が必要なのか？

マリーヤに割り当てた土管には、とにかく機械と、電信線《ケーブル》と、ブラウン管だ。

何台も積み重なったブラウン管を見ていたら、首を悪くしそうなものだ。

どうしたって全部同時に見れやしないし、全部同時に使って計算する事も無いように思う。

電卓を何台用意したって、そう早く計算ができるわけでもないだろうに。

俺がそう言うとマリーヤは「早く計算ができるんですよ」と言って拗《す》ねたものだが。

ようは兄におねだりする子供の理屈だ。けれど俺だって、その頃は妹を甘やかしていた。

どうにかこうにか、何機かの計算機を都合つけて運び込んだっけ。

「兄さんは女に貢いでしまう手合ですから、手綱を握っていないと野垂れ死んでしまいます」

だっていうのに、この言い草だ。おまけにこの部屋の有様。足の踏み場もありゃしない。

仕方ないので俺は下水の壁際に突っ立って、端末《テルミナル》の鍵盤を叩《たた》くマリーヤを眺めている。

もちろん、携帯端末《ポルタティヴヌィ・テルミナル》エレクトロニカMK一七〇――ではない。

あのちっこい電卓は今、エレクトロニカMK一七二という筐体《きょうたい》にがっちりはめ込まれている。

他にもごちゃごちゃと、俺が運び込んだ奴も、そうでない奴も、機械が壁を埋めている。

壁ってのは左右と奥にあるもんだし、おまけに床の上も似たような有様だ。

筐体が積み重なり、電信線が蜘蛛糸《くもいと》みたく絡《から》まって、合間ではテープが音を立てて回る。

「俺としちゃ、お前がここを連邦科学アカデミー《SSSR》の電子頭脳室にする気じゃないか心配だな」

合衆国超電子頭脳の数倍の性能というエルブルースってのも、きっとこんな具合に違いない。

ぶんぶんと唸《うな》りを上げる計算機とブラウン管とを眺めて、俺はひとしきりため息を吐いた。

「片付けもそろそろ覚えろよ。これじゃ男に貢がれもしないぜ」

「チッ《ティフ》……同志、六分の遅刻ですよ」

返事は忌々《いまいま》しげな舌打ちと、冷たい声。椅子《いす》を軋《きし》ませながら回転させ、マリーヤが俺を見る。

「おう、しっかり飯を食わせてもらってきたからな」

「これだから色男は……」

妹は怜悧《れいり》な表情を保っているつもりだろうが、しかめっ面なのはひと目でわかる。

軍用水筒《フリャガ》から珈琲を飲んでいる、その苦さのせいって事はないだろう。

「俺にも一杯くれよ」

「タンポポ《アドバンチク》ですよ」

「……砂糖は？」

「代用です」

私は嫌いじゃありませんけど。つんと澄ました顔でマリーヤは言う。

だが生憎と、代用珈琲に代用砂糖《塩》を入れて飲むような趣味は俺には無い。

俺は観念して、両手を軽く上に上げた。

「オーケイ《ラードナ》。仕事の話をしてくれ、同志」

「ええ、そうしましょう。労働は尊いですからね、同志」

マリーヤは兄をいじめるのに満足したのか、心底楽しそうに整った指先で鍵盤を叩いた。

きゅるきゅると音を立ててテープが回り、それを読み取った端末《テルミナル》がガリガリと動く。

やがてカタカタと歯ぎしりをしながら吐き出した用紙を、マリーヤは優雅に破り取った。

「今回はマフィア《ブラトノイ》の方々からの依頼ですね」

「組織犯罪。《掃除屋《リクビダートル》》らしくて何よりだ」

俺は差し出された紙に目を落とす。《機関《オルガン》》の方々と違い、マフィアの依頼は短く簡潔。

そこには住所と、日時、そして派手に引っ掻《ひ》《か》き回してくれとの文章だけがタイプされている。

「……陽動？　派手に暴《あば》れて、適当に引けってか……」

カチコミだろうなとは予想がつく。が、詳しいことを聞きたい《掃除屋》はいない。

俺は頭の中の地図と住所を比べながら、聞くべき事だけを聞くことにした。

「報酬は？」

マリーヤは無言のままに指を一本立ててた。ルーブルの札束《さつたば》が一つ。前回と変わらずだ。

公的機関とマフィアの支払いが同じってのは、国が渋いのか、マフィアが気前良いのやらだ。

「安くて便利で使い勝手の良い《掃除屋》と評判なので。引く手は多いですよ、同志」

「労働は尊いが、もう少し何とかならないのか、同志」

「嫌ならほかを当たりますが」

一山幾らの一流《掃除屋》なんてのは、銃を撃てば当たるほどにモスクワにいるのだ。

二束三文で売るほどいる。そうじゃないのは《先生《ウチーテル》》とか、本当に上澄みだけだろう。

俺の答えは二言。

「いや、やるとも」

危険を避けるのは《掃除屋》の鉄則だが、仕事が危険なのは当たり前の事だ。

ここでグダグダと文句を言うような奴には、二度と仕事を頼もうなんて奴は来ないだろう。マリーヤならそれでも都合をつけそうだが、妹に俺の尻を拭いてもらう気は無い。

逆は——どうだろうな。小さい頃はともかく、いつからか恥ずかしがるようになったな。

「しかし、せめて標的の情報ぐらいは教えてくれ。適当に突っ込んで沈むのは勘弁だぜ」

とはいえ、だ。やれるだけの事はやらなきゃならん。さしあたっては聞ける事は聞いておく。

「一応、私の方で多少は調べておきましたが」

マリーヤはそう言って、くるりと椅子を回して背を向け、ブラウン管の方を向いた。

彼女の白い指が踊るように鍵盤の上を跳ねまわると、画面には緑のゼロと一が流れ出す。まったく目を悪くするような光景だ。何が読み取れるのか、俺にはさっぱりわからない。

ダイヤル音の後に、甲高《かんだか》い笛の音にも似た接続音。通信演算《ディスタンソニヤ・ヴァシーニャ》って事はわかる。けど、それだけだ。マリーヤが電脳のお告げを受けるまで、黙って突っ立っているしかない。

俺はふと、棚の片隅に置かれていた電子ゲーム《イグラ ミクロプロツェッソルナヤ》を抜き取った。

液晶の画面では、滲《にじ》むような色をしたイリヤー・ムーロメッツ大尉が悪漢に銃をぶっ放している。

ムーロメッツ大尉は漫画と違い、二、三発撃たれたら死んでしまうようだ。親近感が湧《わ》いた。

「標的となるのはある組織の保有する、安い集合住宅《コムナルカ》です」

電子音の隙間を縫い、マリーヤが淡々と情報を囀った。椅子が軋んで彼女が俺を見る。

俺はムーロメッ大尉のマネを諦《あきら》めて、滲んだ彼に引導を渡してやった。爆発《ばくはつ》四散の電子音。

「住人は？」

「全員、テレビ《テレヴィザル》の中にはない職業」

俺は顔をしかめた。それがどういう場所なのか、俺は十五の時から知っている。

「わかってると思うがな、マリーヤ」

「わかっていますよ、兄さん」呆れた声。「標的は用心棒《ヴィシヴァラ》です」

「なら、良い」

いや、ちっとも良くはないんだろう。良いのは俺にとってだけだ。

「数は推定ですが、九人。うち機械化兵《キボルグ》は――九人ですね」

俺にとっても良くはない。

聞き間違いであることを願って、俺は繰り返した。

「……機械化兵九人のいる淫売宿に、生肉《ミャーソ》一人で陽動かけろって？」

マリーヤの無言の頷き。その通りですよ兄さん。

「アホか《アショール》」

「《水族館《アクヴァリウム》》と全面戦争するよりはマシでは、同志《チョルトバジミー》？」

「くそったれ！」

妹の前で罰当たりな事は言いたくないが、思わず罵《ののし》りたくなる時だってあるもんだ。

無駄に我慢すると良くないってことも、俺は随分と前に理解した。幸福なことだ。

「陽動ですから、一当てして逃げれば良いのでは？」

兄貴のしかめっ面がよっぽど愉快なのか、マリーヤはその切れ長の瞳《ひとみ》を細めて俺を見る。

「別に、皆殺しにしろと言っているわけではありませんし。先方も期待していませんよ」

「そりゃあそうだろうな」

それを期待してるって事はつまり俺に死ねって事で、ようは罠《わな》だ。報酬からしてそれはない。もしくはマフィアの若頭《ブリガディア》が、薬をキメ過ぎているって線だ。まあ、これもないだろう。

なら、他に選択肢はない。

「良いだろう。やれるだけやってやる」

「はい、お願いしますね」

妹は俺の言葉を疑いもしない。昔っから変わらない。だから俺は敵《かな》わないいんだ。

また鍵盤を叩き始めたマリーヤに背を向けて、俺は部屋から出ようとする。

「と、そうだ」

「――？」

扉――当然どうにか俺たちで作ったもんだ――に手をかけた俺は、首だけ振り返る。

「そういや、ワレリーとノーラはどうした？」

「車を見に行ってますよ。大喜びで」

ふ、と。マリーヤが零《こぼ》すため息は、弟の無駄遣いに呆れたようなものだった。

俺としちゃ勘弁してやってくれと言うよりほか無い。買えといったのは俺なのだ。

「良い車は大事だろ。あいつの仕事道具だ。金かけた方が良いに決まってる」

「兄さんがそれを…………いえ」

ふるり。マリーヤが首を横に振ると、ブラウン管で青白く染まった黒髪がさらりと揺れた。

俺は同じ髪の色の妹のことを考える。まあ、あっちはわかってるんだ。遊び歩いているのは。

どうやらマリーヤも同じらしく、きい、と椅子をきしませて振り返る顔には、苦笑が滲む。

「ノーラは、お医者様の所じゃありませんか？」

「なら、下調べついでに挨拶《あいさつ》しとくか」

「……お手柔らかに、兄さん」

そりゃあもちろん。《お医者《ヴラチ》》に失礼する気はないに決まっているのだ。

入り込んでいる黒猫はともかくとして。

◆

モスクワはいつだって俺を暖かく迎えてくれる。温水パイプがあるからだ。

灰色の街、灰色の空、舞い落ちる灰色の雪、白く煙る息。

オスタンキノ・タワーを中心に伸びた電信線が、蜘蛛の巣か神経のように頭上を覆《おお》う。そして巨人の腸めいてのたくる、鈍い銀色のパイプ。これだけ内臓が出てりゃ致命傷だ。その合間を縫うようにして俺たちは生きている。クレムリンが脳で、俺達は血だろう。あらゆる物資はモスクワに持ち込まれる。後の分配は人民が勝手にやる。俺たちはとにかく死ぬまでせかせか忙《せわ》しなく、循環し続けていれば良い。ぶっ倒れて死ぬ時には、すでに新しい血液に新陳代謝している。偉大な祖国は不滅だ。

「子供を死なせてはならない！　医師との相談が墓石の数を少なくする」

「人民のための新型テレヴィザルＫＶＮ一六〇、入荷。組立済。ブラウン管爆発保障有り」

「ラジオとレコードを一度に楽しむ叡智《えいち》、ミンスク型ラディオラ各種取り扱い中」

「練り歯《ズブナヤ》磨き《パスタ》で歯《チストカ》磨《ズボフ》きの習慣を！」

「団結こそが勝利への手段だ！　人民の力でモスクワ五輪二一六〇を成功させよう！」

「ピスクン座新作歌劇、主演女優はミス・モスクワ――」

俺たちの背中を後押しするように、相変わらずゴーリキー通りには宣伝が溢《あふ》れかえっている。モスクワ一番の繁華街にも、今の俺なら堂々と入って行けるようになったものだ。だが何度見ても見慣れない、見飽きない微笑みを前に、俺は足早に通りを抜けていく。

正直に言って、これから何処へ向かうかを考えると、スターシャに申し訳がない気がした。いや、申し訳ないといったら俺のやる事なす事すべてがそうだから、今更ではある。

三コペイカ盗んだ奴は縛り首で、五十コペイカだと尊敬の的だというが、大嘘《おおうそ》だ。

千ルーブル稼いだところで俺は《掃除屋《リクビダートル》》のままなのだから。

だからもちろん、俺が裏通りに向かう気がしないのは、そんな事が理由だからじゃない。

テレビの中にはいない職業の、俺より遥《はる》かに立派な女たちに会いに行くのだ。

もしスターシャに知られたら尻をつねられてしまう。あれはなかなかに痛い。

俺は通りに佇《たたず》む女達に愛想良く、敬意を払いながら、ぶらぶらとのんびり足を進めていく。

今夜のお相手を探したいが、酒場で誘うほどの金も無く、見物を決め込んでいるような塩梅《あんばい》。

実際、そうなのだ。

上等な——教育と訓練を受けたって意味だ。すべての女は美女だ——女たちは、酒場にいる。

もっと上等な女たちは、自分で相手を探したりしない。向こうから来るのだ。俺みたいに。

此処にいるのは、そうじゃない女と、そうじゃない男たち。

ましてや、マフィア《ブラトノイ》どもが一つの集合住宅《コムナルカ》に押し込めた女たち。

それは上等な女たちと比べ物にならないくらい安い、使い捨てみたいな扱いなのだろう。

あるいは、上等な女たちにはとてもできないような事をやるための、女たちなのだろう。

もしくは、その両方。

「……チッ《ティフ》」

似たりよったりな灰色の立方体（直方体だっけか）の中でも、そいつは一発でわかった。

路地裏を何年か這《は》い回ってれば、なんとなく、嗅覚というか、そういうのはできるんだ。関《かか》わっちゃいけない類。寝床にしたくても、手を出したら帰ってこれない。そういう建物。

小綺麗で、こ汚い。矛盾しているようだけど、その二つが両立した集合住宅《コムナルカ》。

風雨に晒《さら》されていて薄汚れているが、落描きもシールもその手の類は一つもない。

そして入り口に腰を降ろしているのは、美女じゃなく、アディダスのジャージを着た無法者《ウゴローニキ》。

間違いない、マフィア《ブラトノイ》どもの使いっぱしり《シェスチョルカ》だろう。

飯と酒と女と薬と馬鹿話しか楽しみがないし、それ以外に興味も無い奴ら。

というより、それ以外を知らない。俺だって似たようなもんだ。だから上にこき使われる。

兵隊《パトサン》って事はないだろう。つまり用心棒《ヴァシヴァラ》でもない。

——面倒だな。

別にあんな奴はムーロメツ大尉よろしく、二、三発撃てば死ぬ。俺だって死ぬ。

ただ問題は、それは今じゃないって事だ。今あいつに絡まれるのは、損にしかならん。

どんな野菜にだって旬はあるし、昼飯には匙《さじ》がいる。

俺は物見に来たんであって、準備もなしに突っ込みに来たわけじゃない。

どうしたもんか。俺はずっと前からそうしていたように、路地をうろうろと歩き回る。

別にお客として中に入り込むつもりは——できるかどうか以前に——無い。

無いが、外からじいっと見てたってガキの使い《パッサン》だ。男の仕事をせにゃならん。

——とはいえ、だ。

ぐるりと表裏一回り、どっから見たって、どこにでもある安っぽい淫売宿だ。

気張って損したか？　どうにもスターシャのとこで感覚が狂ってるかもしれん。反省、反省。

入るのは簡単。問題は入った後だ。より正確に言えば中にいる奴らだ。

どうしたものか——と考えていた俺がその音を聞いたのは、本当にたまさかだ。

かつん、と。ヒールがコンクリートを弾く音。入り口の使いっぱしり《シェスチョルカ》が立ち上がった。

どうやら女が出てきたらしい。使いっぱしりは二言三言、嫌らしい言葉を吐き、道を開ける。

「よお、雌犬《スーカ》。屑鉄《メタロオム》はどんな味だ？　生肉《ミャーソ》より旨《うま》いのか？」

マダム・ピスクンが聞いたら引っ叩くような文句だが、女の声は涼やかな笑いに満ちていた。

「知りませんよ《オトクーダ》、そんなこと《ズナーユ》」

すらりとした、むしゃぶりつきたくなるような赤毛の女だった。

白いコートをぴたりと体に従わせ、踵《かかと》を鳴らして歩く度に腰が優雅にしなり、揺れる。

上着のせいで僅《わず》かにしか見えないが、窮屈そうなくらいぴたりと体の線が浮き出た衣服。

長い赤毛は燃える海のように艶《つや》めいて、ちょいと被《かぶ》った帽子はその上を踊る船のようだ。

こんな場末には似つかわしくない、そう、ホテル・ウクライナにいるべきな女に思えた。

もっとも、俺は赤毛にしたスターシャの方が好みだが——……まあ、それは良い。

――これはチャンス《ウドブニィ スルチャイ》なんじゃあないか？

都合が良いと言えば良い。だがまあ、幸運なんてのはだいたいからしてそんなもんだ。

俺は悠々と道を行く女の後に、そっと続いた。彼女は鼻歌さえ歌いそうなほど、上機嫌。

こういう時、俺はいつだって緊張するんだ。声をかけなきゃ動けそうにない。

なに、詮索好きな娘は市場で鼻をもぎ取られたというが、尋ねたくらいで鼻はぶたれまい《ザ スプロス ニェ ビュート ヴ ノス》。

「なあ《プリヴィエット》、美人さん《クラサーヴィッツァ》」

「はい《ダー》ッ」

それは自分が美人だとわかっている返事に思えた。

女は、まるで俺が話しかけるのがわかっていて、それが心底嬉《うれ》しいというように振り向いた。

瞳がきらきらと子供みたいに輝いて、けれど鼠《ねずみ》の前の猫のように此方を見通してくる。

俺は息を呑《の》んで、けれど躊躇《ためら》わずに踏み込む。でなきゃ何の意味がある？

「珈琲を奢《おご》らせてくれないか？」

二言、付け加えた。

「もちろん純正で、砂糖もつける。どうだ？」

◆

「ノーラです。エレオノーラ」

赤毛のエレオノーラは、大事な宝物のように暖かなカップを何度か握り直した。

近くで見た彼女は、たぶん俺と同い年くらいだろうが、不思議とどこか幼く思える。

スターシャとの付き合いでわかったが、女の子ってのは装いだけで、印象が大きく変わる。

服の襟元《えりもと》からちらりと覗《のぞ》く白い首筋に絡んだ、細い鎖だけが妙に大人びて見えた。

「うちの妹と同じ名前だな」

「あら、奇遇ですね」

もっともあれは憧《あこが》れの人から名前を取ったのだと、やたら自慢していたものだが。

女は喜んでと言ってついてきて、今は俺の隣にしゃがみこんで珈琲を啜《すす》っている。

純正珈琲を奢る事自体は苦じゃなかったが、純正珈琲を出す店を探すのが大変だった。

結局見つけたのは移動式のカフェーで、俺は硬貨《コペイカ》を払って煮出した珈琲を二杯手に入れた。

モスクワの道端に、二人並んで珈琲を啜る。男と女で。片方は座り、片方は立って。

珍しくもない光景だ。

俺は全く同じ灰色のコンクリートの群れと、その前を行く人の群れを見た。灰色の雪も。

こういう時、いつだって俺は何をどう切り出せば良いのか、わからない。

かわいい女の子はいるのか？　どんな雰囲気の店だい？

私みたいな子がいますよ。　なかなかワクワクする感じですね。

そんな当たり障りの無いやりとりを、ちらほらと繰り返す。

こんなのは向き不向きの問題だ。

俺は短機関銃を抱えて走る《掃除屋》で、女を口説くイリヤー・ムーロメッツ大尉じゃあない。

「でも大変じゃないのか？」

「何がです？」

「機械化兵《キボルグ》」

俺は言った。

「生肉《ミャーソ》の女の子にゃ、堪える重さだろ？」

彼女は「おや」と意外そうに目を丸くした後「そうですね」と薄く唇を開いて、呟いた。

「相手にならないんですよ」

ふふふ。エレオノーラはにこにこと、屈託《くったく》なく微笑む。

「私の趣味じゃあないので」

別にそう不思議な話じゃあない。ブラウン管の中に存在しない女が全員、哀れで儚《はかな》いって？

そんなのは、男の都合の良い妄想に過ぎやしないのだ。

彼女たちは強《したた》かで、たくましく、自分の足で立って歩ける。俺の力だっていりゃしないのだ。

「だから、まあ。気乗りがしないという意味では、大変ですよ」

「そっか」

エレオノーラがカップに口を寄せて、ふぅふぅと息を吐く。白い煙と共に、視線が上がった。

「まったく、自分の巣穴ではネズミもライオン気取りって奴ですよ」

可愛らしく尖った唇。刺々《とげとげ》しくも、耳に聞こえの良い音が小鳥の囀りのように漏《も》れる。

「髪は長いのに、知恵は短いとかね。言いたい放題。やってられないですって」

「そりゃあ酷《ひど》いな」

ちらりとエレオノーラの瞳が瞬いて、俺を見た。

「あなたは、遊びに？」

「いや」どうだろう。どうかな。俺はちょっと考えて、唇の端を持ち上げた。「そうかもな」

マダム・ピスクンの言う通りだ。目出し帽を被って、玩具《おもちゃ》を担《かつ》いで、わーっと突っ込む。

これを仕事と呼ぶのは、どうなんだ？　立派な仕事をしている女性の前ではなおさらだ。

もっとも、遊びにしちゃあ物騒極まりないが。

「遊んでくれるのなら嬉しいですね」

俺は肩を竦《すく》めた。女の声が嬉しそうに弾んだのを、言葉通りに受け取っちゃいけない。

ベッドの中で堪えきれずに漏れる声だって、自分が上げさせたとは限らないのだし。

「でも、屑鉄野郎《メタロオム》が九人だろ？　遊びに行くにゃおっかないよな」

「そうですか？　あんまり大したことはないですよ？」

「へえ？」

「ほとんど腕一本置換しただけで、戦闘用って言えそうなのは三人と軍人崩れ二人だけですし」

「……なんだって《エータ カーク ジェ》？」

「ほとんど腕一本置換しただけで、戦闘用って言えそうなのは三人と軍人崩れ二人だけです」

それは大したことあるような気がするのだが、エレオノーラはにこにこと笑っている。

まあ、偏見は抜きにして、マリーヤやノーラが特殊なんだ。

普通の女の子は《掃除屋》でもなければ無法者《ウゴローニキ》の機械化度合いなぞ気にはしない。

エレオノーラにとってはこわい、おっかない、すごくおっかないの違いくらいなのだろう。

正面から挑みかかるのでなければ関係ない話で、機械化兵に喧嘩《けんか》を売るのはバカのやる事だ。

俺みたいなバカは、呻《うめ》くしかない。

「最悪だな《カシマール》……」

「遊びに来るなら、目をつけられないようにしてくださいね？」

「ああ、まったくだ」

上目遣《うわめづか》いに此方を覗き込んでくるエレオノーラに俺は頷いた。

仕方ない。俺は《掃除屋》で、《掃除屋》ってのは頼まれた厄介ごとの掃除をする仕事だ。

『こんな仕事を任せる方がおかしい』とかいう奴は《掃除屋》が安全だと思ってる間抜けだけ。

第一、もう引き受けちまったのだ。蒔《ま》いた分は自分で刈り取るしかあるまい。

俺は煮出した珈琲を呷った。チェルキゾフスキー闇市《やみいち》の奴のが旨い気がした。

「ま、近い内に行くさ」

「ふふ、楽しみにしています」

スターシャと出会っていなかったら、きっとこういう言葉にもころっと本気になるんだろう。

俺はマリーヤの小言を思い出して苦笑いしながら、珈琲の最後の一滴を舌に垂らした。

「首のそれ」

「え？」

「良いな、似合ってる」

紙のカップを握《にぎ》り潰《つぶ》しながらの賛辞に、エレオノーラは、目をぱちぱちと瞬かせた。

そして「えへへ」と。まるで年頃の娘のように頬《ほお》を綻《ほころ》ばせて、頷く。

「贈り物なんです。先生……みたいな人からの」

「そっか」

良いことだ。そういう相手がいるってのは。俺は頷いて、立ち上がった。

「時間取らせて悪かったな」

「いえ、いえ」

エレオノーラはそう言って赤毛を揺らすと、男を蕩《とろ》かす笑みを浮かべて、言った。

「美味しか《スパシーバ》ったです《フシェ》、ごち《ブィラ》そうさまでした《フクースナ》」

俺が肩を竦めて歩き去る段になっても、彼女は座ったまま珈琲を舐《な》めるように楽しんでいる。

その視線が俺の背中をじっと突き刺しているように思えたのは――自意識過剰って奴だろう。

きっとな。

◆

ミハイル・ワシリエヴィチ・ロモノーソフって人物がどんだけ偉いのかを、俺は知らない。

だが、ミハイル・ワシリエヴィチ・ロモノーソフ・モスクワ国立総合大学《エムゲーウー》は知っている。

我らが祖国はもとより欧州でも最高の大学の一つで、スターシャの住む七姉妹のうち一つ。

聞く所によれば三万人以上も学者が集まって勉強してるってんだから、勤勉なことだ。

もちろん俺が地下鉄に乗ってまでモスクワ大学へ向かったのは、学問を修めるためじゃない。

それならマリーヤに行かせるし、そもそも国内旅券《パースポルト》のない俺達は通えない。金も無い。

科学は清澄な真の感知で理性の啓蒙であるそうだが、俺は清澄やら啓蒙やらとは無縁だ。

モスクワ大学の隣には、そういったどうしようもない連中が住んでいる区画があるのだ。

モスクワ川のほとりから雀が丘をのんびり歩いて行った先。

そこに広がっているのは、だだっ広い荒野と、無数に詰め込まれた屑鉄の倉庫の谷だ。

ガレージ・バレー。

上海スラムとかいう奴もいるが、上海って街もここまで酷いって事はないだろうと思う。

何しろ此処にはとにかく掘っ立て小屋が大量に並んでいて、あらゆる意味でヤバいのだ。

モスクワの整然と並んだ灰色の町並みとは大違い。ゴミ溜《だ》めと言われても納得できる。

とすると、上海スラムというのは上海にあるスラムみたいなって意味なんだろうか。

実際に上海に行ってみないとわからないだろう。そんな機会は永遠に無いだろうけれど。

こんなところに目的もなく来る奴は馬鹿だが、俺は目的があるので馬鹿じゃあるまい。

俺は懐《ふところ》のトカレフを意識しながら、自信たっぷりに見えるようにガレージの谷間を抜ける。

目指すのは——蛇の巻き付いた杖《つえ》の旗が掲げられたバラック。

どうも病院には不似合いだと思うのだが、大事な意味があるらしい。

ま、何でもそういうものだ。

「よお、《お医者》《ヴラチ》。いるかい?」

扉を開けた途端につんと鼻に刺さるのはアルコール——酒じゃあない——の香り。

外側の薄汚れた具合と違って、《お医者》の病院は中は清潔なので気分が良い。

そこにずかずかと薄汚れた長靴で踏み入るのは、少し申し訳なくもあるが。

「ああ、ダニーラ。いるよ」なにかの悲鳴。「手が離せないんで、ちょっと待っててくれ」

「あいよ」

奥から聞こえてきた言葉に頷いて、俺は待合用のソファにどっかと体を沈める事にした。

昔に俺が使ってたのとは大違い。スプリングも飛び出てない、良いソファだった。

掘っ建て小屋みたいな院内だが、その奥には日本《ヤポーニヤ》製の機械がある事を俺は知っている。《お医者《ヴラチ》》は医者だ。

当たり前だ。資格があるのかどうかは知らない。腕は良い。

少なくとも俺は《お医者》がしくじって人を死なせたって話は、聞いたことが無い。

まあ死んだら何も言えないが、そう言って《お医者》を笑う奴はぶん殴る事に決めている。

世話になってる身としては、国内旅券無しでも診てくれる医者ほどありがたいものはない。

「悪いね、おまたせしてしまって」

しばらくして、手を拭きながら奥から出てきたのは、二十歳そこそこの黒髪の優男だ。

つまりは俺と同年代なわけだが、ひょろっとしていて、背が高く、顔も細い。

若い医者って言われておおよそ想像するような顔立ちで、俺とは大違いも良いところだろう。

だが中身はといえば——……。

「死人か？」

「機械化手術さ」と《お医者》は笑った。「神経の再接続が、よっぽど堪えたらしい」

「ふぅん」

こんなところで医者をやれる奴はタフだと、俺は思う。他に医者はいないからだ。

少なくとも装備もない状態で命懸けの仕事を終えて、平然としてられる自信は俺には無い。

《お医者》が俺の対面のソファに腰を下ろすのを待ってから、俺はふと気になった事を聞いた。

「ノーラはどうだい？」

「いつも助かってるよ。機械化人の患者が暴れる時は、僕一人じゃあ手に余るから」

「荒っぽくぶっ壊して、先生の仕事を増やしちゃいないかね」

「丁寧なもんさ。あの子は元気で真面目《まじめ》で、とても優しい子だよ」

俺は気分を良くして、肩を竦めた。

ノーラの体をいじくり回して、屑鉄《メタロオム》を埋め込んだのは、この男だ。

それだけなら俺は怒り狂ったところだが、何しろ悪いのはノーラの方だ。

身寄りのない哀れな小娘――間違っちゃいないが――のふりして病院に入り込む。

こそこそと手伝いをして小銭を貯めて、それで《お医者》を泣き落とした。

だから俺は、聞こえよがしにこう言ってやるのだ。

「何しろあいつは猫っかぶりが上手いからな。先生の前じゃ、良い子のふりさ」

「ぶー！」

それみたことか、不意打ちだ。

俺は死角から振り下ろされた電熱式の刃を、ひょいと頭を下げてかわし、襲撃者を見る。

申し訳程度に看護婦帽を頭に乗せたクロームの瞳の黒猫が、毛を逆立てて俺を威嚇《いかく》していた。

「あたし、《お医者》に迷惑なんてかけてないもんね！」

「どうだかなあ」

「ダーニャ兄の意地悪!!」

ふしゃーっと声をあげたノーラが爪《ノーガチ》を出してじゃれついてくるのを、俺は適当にいなす。

電熱式のそれの電源が入ってない事は、色を見れば一目瞭然だ。騒ぐ事も無い。

ノーラを適当にあしらいながら《お医者》を見ると、彼はその目を柔らかく細めている。

野良猫さながらのノーラは気づいていないが――……うん、知ってるなら、ま、安心だな。

「ところで先生、ちょいと聞きたい事があるんだが、良いか？」

「答えられる限りでならね」

《お医者》はあくまでも世間話の体でそう言って頷くと、両手の掌を擦り合わせた。

――さあ今日はどうされました？　って感じだ。

「ああ、言っておくけど、患者の事は教えられないよ。そりゃあ守秘義務ってものがある」

「そいつぁ残念《ジャールカ》だ。『赤い狼《クラースニイ・ヴォルク》』が隠れてるって聞いたんだがね」

冗談にノーラがまたじゃれついてきた（ぶー！）が、俺はそれを払いのける。

《お医者》はかすかに笑った。俺の冗談か、ノーラの仕草に対してかはわからなかったが。

「君が殺人鬼を追いかけてるとは知らなかったよ」

「いずれな。ま、さしあたって民警《ミリツィア》の働きに期待してるとこだ」

頷く俺の膝の上に、ぼふ、と柔らかい感触と、それに反しての結構な重量。

ノーラがじゃれつくのに飽きて、半身を乗っからせてきたのだ。膝《ひざ》の上から見上げる猫の目。

「ダーニャ兄、もしかして仕事のお話？」

「おう。お前にゃ手伝わせんぞ」

「ふふん、あたしだってお仕事あるから手伝ってあげないよー、だ！」

忙しいのだ！　自信満々にノーラは姉同様の美体を誇示するが、聞き捨てならん言葉がある。

「小遣い稼ぎか？」

「違うもーん」ノーラが唇を尖らせる。「だけどあたしにもシュヒギムってのがあるもんね」

「何だそりゃ」

覚えた言葉を意味もわからずすぐ使う。子供かお前は。

俺がわしわしと容赦なく黒髪をかき混ぜてやると、妹は「やぁん」と身を捩《よじ》って嫌がった。

「ちょっと、やめてよね！　せっかくセットしたのに乱れちゃうじゃん」

「なんだ、また《先生》《ウチーテル》かぶれか？」

「かぶれじゃないよ、リスペクト《ウヴァジェーニエ》！」

「似たようなもんだろ」

「違うってば！　すっごい人なんだから！」

「顔も見たこと無い癖《くせ》に」

うるっさいなあ。ノーラは完全にへそを曲げて、拗ねてしまったらしい。

《先生》《ウチーテル》。女だてらに路地裏からたった一人でのし上がった、《掃除屋》。

高周波剣を握れば影をも踏ませず死をばら撒き、その身は髪の毛から爪先まで機械化済《キボルグ》。

にも拘らず血溜まりに立つその女は、惹《ひ》き寄せられるほどの優しい微笑みを浮かべている。

――――らしい。

名前は聞く。しかし、そんな女に会ったことのある奴はいない。大体が死んでいるからだ。

影の伝説。魔女の家《バーバ・ヤガー》の怪物みたいな、存在しない何か。

超人兵士《ボガトリィ》だの、水精《ルサールカ》だのといった、ふわふわとした噂話。

俺はそんなものに付き合ってる暇はないし、妹を構うのも潮時だ。

「ちなみに《お医者》としちゃあ、機械の怪物みたいな手合と出会ったらどうするね？」

「迷わず逃げるね」

そりゃあそうだ。俺は頷いた。

「もし俺がかち合ったらどうすれば良いと思う？」

「逃げる事をオススメするよ」

まったくもってその通り。俺は頷いた。

「そうもいかないって事なら？」

「生きて帰ってきたときのために、病院の寝台を一つ予約しておくかな」

確かにそうだ。俺はポケットから封筒を取り出すと、ループル札を数枚抜き取った。

「これ、病院の前に落ちてたんだが、先生の金《デンギ》じゃあないかい？」

「ああ、そういえばそうだったかもしれないな。ありがとう、助かるよ」

頭上を行き交う札びらに、ノーラの灰色の目がちらちらと猫のように揺れ動く。

こういうやり時も覚えておけよと、俺はノーラの頭を軽く撫《な》ぜてやった。

「患者を減らすため、健康維持の助言も欲しいんだが、どうだい？」

「そうだね……。さっき言った通り、逃げてしまった方が良いんだけれど」

《お医者》としちゃあ複雑な心境だろう。運動と健康な食事以外の答えは無いんだから。

申し訳ないとは思うが、こっちとしても死にたくはないから聞いているのだ。目的は同じ。

だいたい、舌《ヤズィーク》が《ダ》キエフ《キーエヴァ》に連れて行く《ダヴェデョート》というじゃないか。

道がわからなくたって人に聞けば、キエフまで迷わず辿《たど》り着けるもんだ。行き倒れなけりゃ。

「機械化の品質《カチェストワ》にもよるから、確実とは言えないとは先に言っておくよ」

「駄目だったらベッドの上で先生を罵るんで、治療費を負けてくれ」

別に試験の答えを教えてくれってわけじゃあないんだ。外れて文句を言うのは格好がつかん。

もっとも文句を言えるような状態なら、まだ幸運だろうとも思うが。

《お医者》はため息を吐《つ》いたあと、ゆっくりと言った。

「機械だって壊れるさ。生身と同じだよ。そして壊れたら動かなくなる。生身以上にね」

「事前にぶっ壊しておけって事か？」

「そもそも機械化技術は、宇宙開発のために作られたものが、傷痍《しょうい》軍人に転用されているんだ」

それは知っている。あいつのせいで。知っているが、俺は水を差すような事はしなかった。

一度言葉を切った《お医者》は、それを心底情けないと思っているような口調で言った。

「そして安価になればなるほど、宇宙線への対策として施された装備は取り払われてる」

「我らは地球人《ゼムリャーネ》か。ゾンド八号は遠くなりにけりだ」

「草原《トラヴァ》こそ我《ウ》が家《ドゥマ》さ」

俺は《お医者》の言葉ににやっと笑うと立ち上がり、目についた戸棚から鎮痛剤を失敬した。

「止血ジェルは？」

「五段目」

ポケットにねじ込みながら聞くと、膝から落とされたノーラが退屈そうに教えてくれる。

俺はありがたく止血ジェルのパックを頂戴し、封筒からもう一枚ルーブル札を抜いて落とす。

「じゃあ、まあ、せいぜい死ななかったら面倒見てくれよ」

「面倒を増やさないでくれると嬉しいね」

返ってきたのは《お医者》の苦笑交じりの言葉だった。

「この後、ノーラの爪《ノーガチ》の電池交換《バタリーカ》があるんだ」

ノーラの「うぇっ」という悲鳴。妹はこれから洗われる猫みたいに飛び跳ね、床へ降りる。

それでも逃げ出さないのは俺の前だからか、それとも《お医者》の前だからか。

あるいは逃げられないとわかってるのかもしれない。ノーラは口実を探すように、俺を見た。

「ねえ、ダーニャ兄。ホントに手伝わなくてへーき？」

「当たり前だ。そっちこそ自分の方を心配しとけ」

ぶー。唇を尖らせるが、当たり前だ。電池切れ以前に、妹にやらせたくないに決まってら。

「まあ、やれるだけやってみて、もし駄目だったとしたら……」

だから俺はトタン板だかなんだか知らん薄板の天井を見やって、肩を竦めた。

「お神《ボージェモイ》よってとこだな」

◆

モスクワの何処に神殿があるかといえば、まず地下だと言って良いだろう。

果てしないエスカレーターを降りた先には、大理石だの何だので作られた巨大な神殿がある。

モスクワ地下鉄。世界で一番豪華で広大な核シェルター。

改札にトロイカカードを見せて貨幣を放り込めば、民警《ミリツィア》に睨まれたりはしない。

なにしろトロイカカードを買うのに身分証はいらないからだ。

他じゃどうか知らないが、モスクワ地下鉄の料金は距離じゃなくて乗り降りの回数で決まる。

一回券、二回券を買うよりは、トロイカカードを買って割引にしてもらったほうが良い。

政府広報通り改札にカードで触れるだけで良くなるには、あと百年ばかしかかる事だろう。

俺は地下鉄を使ってモスクワ川の対岸、赤の広場に近いヴァルバルカ通りへ向かった。

もちろん、祈るためだ。

我らが偉大なる祖国において、目に見えない非科学的なものは「無い」事になっている。

当然、神もいない。非科学存在だからだ。

しかしそれでも残っている教会はあり、祈りを捧げている坊主たちもいる。

それは神の御加護によるものなのか、それ以外の何かに頼ったからかは、俺は知らない。

知ったところで、それをどうこう言う権利も無い。

誰だって、生き残るために努力をするのは当然の事だろう。

だから俺もこうして、その御加護を賜るために寺院《フラーム》を目指しているわけだ。

――――聖ワルワラ寺院。

イリオポリの蕃花大致命女《ばんかだいちめいじょ》ワルワラという、大昔の女に縁のある教会だ。

信仰を否定する父に焼かれ。神は傷を癒やして裸身を隠した。そして剣に貫かれて死んだ。

ひでえことをしやがると思う。誰か一人くらい、助けようとする奴はいなかったのだろうか。

スターシャがそんな目に合うようだったら――――いや、これはくだらない妄想だ。

ミスモスクワを焼き殺そうなんて奴はいない。彼女はモスクワで一番安全な場所にいる。

だが実際、ワルワラという少女は立派だ。なにせ恨み言を漏らさず、男に加護をくれる。

ワルワラは火避《よ》けを賜り兵士や消防士を守るというが、《掃除屋》も含んでくれるだろうか。

別にいつも俺はそんな事を考えているわけじゃあない。

ぶらぶらと道を歩き、寺院の高い鐘楼が目に入った時、ふとそんな思いが過《よ》ぎっただけだ。

大昔に死んだ娘さんだって、《掃除屋》に同情されても困るだろう。

俺は肩を竦めて、寺院の入口をくぐった。

石造りの伽藍堂《がらんどう》は、足音を立てるのすら申し訳なくなるほどに静まり返っている。

灯《とも》ってる蠟燭《ろうそく》のせいだろうか。冷え切った空気の中で、そう寒々しくは感じなかった。

広間の奥には救世主《イイスス》や生神女《マリヤ》、八端十字架の描かれた大きな仕切り。

聖障《イコノスタス》だ。この奥にある至聖所には、聖職者しか立ち入ることは許されない。

「おい、《尼僧《モナシナ》》」

「ダニーラ・クラギン。少し、騒がしいですよ……？」

だから声をかけたのだが、どうにもそれはお気に召さなかったらしい。

聖障の向こうから聞こえたのは、潤んだように艶やかな女の声だ。

ついで現われるのは、およそ修道服を纏《まと》っている意味がないほどに肉感的な肢体の、美女。

もっとも頭巾に隠された頭は剃髪《ていはつ》済みだ。尼僧《モナシナ》を名乗ってるからには、当然。

だが俺が思うに、綺麗な女ならかえって顔立ちが際立《きわだ》つようにも思う。

スターシャがそうしても、俺はきっと可愛いもんだと思うのだ。

「奉神礼の邪魔をしてまで呼び立てたのです。どのような用件なのでしょう、ね？」

《尼僧》は俺に意味ありげな流し目をくれてくる。修道服ってのも良いもんだ。

俺はスターシャがそれを着ているところを考えながら「さしあたっては」と言った。

「とりあえず弾薬かね」

「あら、まあ。恐ろしいこと……」

女はこれみよがしに豊満な乳房を押しつぶして肩を抱き、わざとらしく身を震わせてみせる。

「ここは人々の心の拠《よ》り所。銃弾を用いて、どのような罪深き行いをなさるというのか……」

俺は肩を竦めて苦笑いをし、ポケットの封筒からルーブル札を抜き取った。

「寄進するんで、俺の罪を聞いてくれるかね？」

「ええ、もちろんですとも。それこそがわたくしどもの使命なのですからね」

俺は彼女に導かれるままに伽藍堂の長椅子《ながいす》に腰を下ろすと、目の前に佇む女を見上げた。

「主イイスス・ハリストス、神の子よ。汝《なんじ》が母と聖人との祈禱《きとう》に因《よ》りて、我等を憐み給《たま》え」

彼女は堂々たる仕草で祈禱文を唱えると、「アミン」と呟いてその奉神礼を終える。

そして《尼僧》は、ほう、と息を吐いてから、にっこり微笑んでこう言うのだ。

「さて……それでは、あなたの痛悔機密を教えていただけますか？」

「さしあたってトカレフ弾を一箱……いや二箱使って、バキュンバキュン《バックゥバックゥ》だな」

「おお、なんと罪深い。人を傷つけたり殺す事は大変な過ちですよ、ダニーラ・クラギン」

口調と表情は恐れ慄《おのの》いていても、この女の目だけは笑っている。

――実際のところ、《尼僧》って肩書だって怪しいものだ。

正教会は確か女性聖職者――修道女って意味じゃない――を認めていなかったはずだ。

だっていうのにこの女は、この寺院を取り仕切っている。俺は少し考えて、言った。

「機械化兵だけをぶっ壊すような、そんな罪深い行いをするつもりもあるんだが、どうだ？」

「そのような恐ろしい痛悔を聞き届けよというのでしたら、それなりのお志もありましょう？」

無論、そんなものを頂かなくても聞きますが。《尼僧》は笑顔を崩さない。

俺はポケットの封筒からルーブル札を何枚か抜き取り、それを《尼僧》へと差し出した。

彼女は札びらをにこやかに、けれど目にも留まらぬ速さで掴《つか》み取《ど》り、頷いた。

「どの程度の罪を犯されるのでしょう。殺してしまったり……脳波停止《ロヴナヤリニヤ》にしてしまったり？」

ああ、恐ろしい、恐ろしい。《尼僧》はこれみよがしに繰り返してくる。

「まさか」俺は言ってやった。「そんな罪を犯すつもりはねえよ。人死に無し。壊すだけ」

「それは、それは……」

女はまだ怖がる素振りを崩さない。俺はため息を吐いて、さらにルーブル札を彼女に渡した。

「頼むよ。敬虔《けいけん》な信徒のためを思ってくれ」

「ええ、ええ、神はきっと聞き届けてくださいますよ」

少々お待ちを。彼女はそう言って立ち上がり、尻をくねらせて聖障の向こうへ消えていく。

――《尼僧》は《得物屋《タルゴヴェツ オルージィ》》だ。

故買屋のオヤジがおっ死んだ後、紹介された故買屋も河岸を変えて、その時に紹介された女。

赤の広場もそう遠くないってのに、よく正教会の寺院でこんな商売ができるもんだ。

——嫌ですね、だからKGBの方々と仲良くさせてもらっているんですよ。

問うた俺に女はそう言って笑ったのを覚えている。女は強く、おっかなく、美しいものだ。

「おまたせ致しました、ダニーラ・クラギン。きっと神が貴方《あなた》を見守って下さるでしょう」

戻ってきた《尼僧》は油紙の包みを抱えていて、それを俺は受け取った。

いくつかの使用方法などを確認しながら、ふと思い立って俺は問いかける。

「これで俺は許されるのかね？」

「我々は許しなどあたえませんよ」

《尼僧》の返事は端的だった。

「罪を許すのは、主たるイイススの御業ですからね」

つまり人の身ではどうする事もできない。罪を悔いて告白して、許しを願うばかりか。

神よ、汝の大なる憐に因りて我を憐み、汝が恵の多きに因りて我の不法を消し給え。

俺は《尼僧》のそんな祈禱文を聞きながら、ワルワラという大昔の娘の事をまた思い出した。

非科学存在たる神は実在しなくとも、ワルワラやイエススは実際に生きていた。実在する。

とすれば俺の稼業にも目溢《めこぼ》し頂けるだろうか。ご加護をだなんて、わがままは言わないから。

無論、わからない事だ。それにわかったところで、どうしようもない事だ。

そして寺院の入口をくぐる俺の背に、《尼僧》の声が投げつけられた。

「かくあれかし《アーミン》！」

◆

「あぎッ　ひ、ぎゅッ　ぎ……いッ⁉　ぎゃぶッ⁉　い、ぎぃ……ッ⁉」

「おら、死ね《ウムリー》！　死ね《ウムリー》！　い《イ》っ《ティ》ち《パギブニシ》ま《ヴァドゥ》え！」

ぐちゃぐちゃと、肉をハンマーで叩いて挽肉器にかけるような音が響く。

出している当人は気持ちも良いのだろうが、聞かされる側としてはあまり良い気分ではない。

灰色の狭い部屋、見慣れた無機質なその片隅で順番を待つ男たちは、実に退屈そうだ。

「ケッ、完　機《サヴィルシェーンヌイ・キボルグ》　の癖して盛ってんじゃねえっての」

「うっせえ、ナニだって改造済みよ」

「なんだ、うねるのか？　震えるのか？　くだらねえ」

「暗視装置《PNV》つかって服透視してる奴に言われたかねぇや」

男たち――用心棒《ヴァシヴァラ》たちの機械化度合いといえば、まちまちだ。

片腕だけクロームの輝きをギラつかせるもの、両目にレンズを埋め込んでいるもの。

だがその中にあって、異様なのが二人。

頭から爪先まで、ぎっちり機械を詰め込んだ鋼鉄の化け物。

完全機械化兵《サヴィルシェーンヌイ・キボルグ》なのは間違いない。軍用品だ。

現行の最新型より型落ちはするだろうが、それにしたって動く兵器なのは変わらないだろう。

よく退役した時に持ち出せたものだろうが、詰まった脳の程度は、周囲と大差あるまい。

「ボス《バカーン》も好きだよな。……そのお供ってだけで、良い思いはさせてもらってっけど」

「しかし、こんな安っぽい売女《ブリャーチ》どもじゃなくて、もっと上等な女を抱いてみてぇもんだ」

「ミス・モスクワみたいな？」

「ありゃあ美人だけどな。髪は短いだろ。それに売女は売女だ、同じ淫売《ピズダー》に変わりはねえよ」

完機の声帯が、ガラガラとノイズ混じりの笑い声を俺の所まで届けてくれた。

そう、俺だ。温水パイプにしがみついて外壁をよじ登っている俺。

奴らに熱源探知持ちがいたって、こいつの傍《そば》じゃ隠れてわからん——だろう。たぶんな。

——さて。

どんなに気乗りがしなくても、準備が整っちまったからにはやらざるを得まい。

俺は眺めていたシュトゥルマンスキーを袖《そで》に押し込み、窓に手をのばす。

この建物にハマってるのが、防弾ガラスじゃないってことはわかっている。

もちろん、別に俺にガラスの区別がつくだけの知識があるわけじゃない。

実際、見てわかるんだろうか？　そもそもどんだけ違うかも俺は知らないんだ。

ただ防弾ガラスだったとしても、薄汚れててひび割れてるんじゃ意味がないだろう。

俺は右手で温水パイプに掴まったまま壁を蹴《け》って反動をつけ、防弾衣の左肘を窓に叩き込《こ》む。

「————なんだぁ？」

「ヤバい《ブリーン》!!」

びしりと罅《ひび》が入って中の奴らの目がこっちに集まる。この一瞬が勝負。

「誕生日《スドニョム》おめでとう《ラジュジェーニヤ》!!」

俺は左肘装甲を叩きつけた勢いそのまま、左手に握りしめたそれで窓をぶち抜いた。

それってのはもちろん————……。

「手榴弾《グラナータ》————!!」

誰かの叫び声とともに、バチンと尻を平手打つような音と共に青白い放電が炸裂《さくれつ》した。

そう、電磁手榴弾《エレクトロマグニートニィ・グラナータ》だ。

こちとら生肉《ミャーソ》だからこういうのは躊躇《ちゅうちょ》なく使える。やった《ウラー》ぜ。

女の子は生身だろうし————まあ機械化されてたとしても死にゃあしないんだ。勘弁してくれ。

俺は中でのたうち回る屑鉄どもの悲鳴を聞くまでもなく、パイプから手を離す。

わざわざ付き合ってやる必要もない。つーか陽動ってんならこれで十分だろ。

「防御処置もしてねえクソども《カーカ》め！　俺《ヤ》が行く《パショール》、援護《プリクローイ》しろ《ミニャ》！」

「了解《ダー》だ」

俺がした失敗は二つ。降りる最中だってのに窓をぶち抜いた機影に気を取られたこと。

そしてそもそも軍用の完全機械化兵どもに喧嘩を売ったことだ。

「……チッ《ティフ》！」

着地点の雪は思いの外薄く、俺は足首に走る鋭い痛みに舌を打った。

だがそんな生身の恩恵に感謝してる暇は無い。転げるように走り出す俺の背後に、衝撃音。

階下からの着地も平然と受け止めるその秘密は、俺とは文字通り素材が違う足首だ。

「よくもやりやがったな《掃除屋《リクビダートル》》!!」

「てめえ死んだぞ!!」

まあ機械化兵《キボルグ》二体に追いかけられてる奴は、だいたい死にかけてると言って良い。

集合住宅《コムナルカ》の二階から飛び降りて足を挫いた《掃除屋》なんてのは、ほとんど死んでるわけだ。

「チッ《ティフ》、これだから衝撃緩衝器《アモルチザートル》付は嫌なんだ……！」

俺は相手のバネ脚に呪いを浴びせながら、灰色の雪が積もる路地裏を転げ回る。

モスクワの路地裏はだいたいわかっているつもりだ。なにせ鉄の男閣下のお陰でどこも同じ。

俺が片足引き引き遮蔽へ飛び込んだ途端、コンクリートの壁が虫食いみたいに抉れて砕ける。

「畜生《サバーカ》め！　ちょこまか動きやがって……！」

喚く機械化兵の手にあるのが、馬鹿みたいにでっかい自動拳銃だって事も知ってる。

ＶＡＧ七三なんて代物で嬉々としてぶっ放すのは、馬鹿か兵隊崩れかその両方だ。

なにせこいつの弾薬は、スターシャの口紅よりもぶっといロケット弾だ。

おまけに確か装填数は四十八。そんなに撃たなくたって人は死ぬ。特に生肉《ミャーソ》なら尚の事。

そいつが次々とフルオートで壁にぶち当たってくるんだから、死んだも同然なのは確かだ。

俺としちゃ馬鹿であって欲しいが、別にそれを期待して路地裏を走ってるわけじゃない。

マフィア《ブラトノィ》の用心棒《ヴィシヴァラ》だ。強いってことは十五の頃から知ってる。

「来いよ《ダヴァイ》！」

怒鳴りながら体を捻って、俺は短機関銃《ペペシャ》の銃爪《トリッガー》を弾いた。

途端、ホースで水をぶち撒けたように飛び出す、七．六二ミリのトカレフ弾。

狭い路地いっぱいに広がったそいつが、先頭の機械化兵にぶち当たって火花を上げた。

「ぐわ……ッ!?」

「なにやってやがる、腰抜け《トゥルース》！」

よろけたそいつを除けて、ガリガリ装甲を壁に引っ掛けながらもう一人が押し込んで来る。

——体操とかして減量してねえからだ。

言ったらスターシャかノーラに引っかかれそうな事を呟きながら、俺は次の角を曲がる。

いや、マリーヤもか。あいつ部屋に引きこもってばっかだもんな。ペペシャの弾倉を外す。

今度ワレリーに言ってマリーヤを引っ張り出させるか。空の弾倉を背後へと投げつける。

バキッという撃発音が轟いて、空中で弾倉がひしゃげて吹き飛んだ。

「もう手榴弾《グラナータ》は喰わねえぞ！」

「おおっと《オイ》！」

あれが手榴弾に見えたなら幸いだ。俺は目出し帽の下で唇を引きつらせ、次の角へ飛ぶ。

これで十発――なんてイリヤー・ムーロメッツ大尉なら数えて弾切れを狙うのだろう。

だが生憎と俺はムーロメッツ大尉じゃあない。

十発撃ったか二十発撃ったかも曖昧だし、そもそもＶＡＧ七三の装塡数を考えてみろ。

相手二人がかりで九十六発もロケット弾を打ち込まれた後じゃ、俺は屑肉《ファーシュ》になってる。

まだ生きてるのは俺が狭い路地を転げているからで、相手だってすぐにどうこうするだろう。

もちろん連中が馬鹿だったら別で、俺はそれに期待しているが、まあ無理筋だ。

機械化兵《キボルグ》二体相手に生肉《ミャーソ》の《掃除屋》が一人で正面からやりあって倒す。

神とかいう非科学存在の御加護があったってありえない話だ。

つまり――俺は今日も、やれるだけやらなきゃならないようだった。

◆

「くたばれ《クチョールト》!!」

俺は路地の壁から短機関銃だけを突き出して、狙いもつけずにぶっ放す。

命中したんだかどうなんだか。耳に響く撃発音と金属音。壁にぶち当たってるかもしれん。

だが確かめる余裕も無ければその気もない。俺は足を引き引き走る。お供は機械化兵が二人。

まったく、なんて贅沢《ぜいたく》だ。ガッチャガッチャ響く足音に泣きたくなるね。

「そう怒るなよ、冗談《シュートウカ》さ！」

「ならお前をもっと笑えるようにしてやるよ！」

怖い話だ。雑音まじりの罵声に俺は肩を竦め、集合住宅《コムナルカ》の壁に沿ってぐるりと廻る。

と――……。

「――あぁ？」

どうやら一周したらしい。アディダスを着た使いっぱしり《シェスチョルカ》と目があった。左手が反射的に動く。

「俺がマダムじゃなくて良かったな！」

マダムだったら顎骨を砕く程度じゃ済むまい。貴重な一瞬を使った甲斐があったというもの。

悲鳴も上げられずのたうち回る使いっぱしりを足蹴《あしげ》に、俺はどうにか次の角へと向かう。

「来い《ダヴァイ》、来い《ダヴァイ》、来い《ダヴァイ》、来い《ダヴァイ》……！」

目出し帽の下で吐く息が鼻に吸い込まれる。俺は歯磨きの政府広報を思い出し、笑った。

笑えるのは良い。余裕が無いのを、誤魔化《ごまか》すだけの気力はまだあるわけだ。

それに足音が聞こえるのだって、幸運の証拠だ。連中は音より速く高速転位していない。

あるいはできないのかもしれない。電磁波とか、性能とか。

しないなら俺を舐めている。もしくは麻薬《ナルコチック》でも決めてるんだろう。

ジャイロジェット・ピストル《ラケットニィ・ピストリェート》をフルオートでぶっ放す奴は、たぶん後者だ。

俺は耳が痛くなるような激発音とコンクリートが削れる音から、必死になって距離を取る。

「ああ、くそ……足が痛ェ……ッ！」

しかし何にしたって生きてるんだから、ありがたい事だ。イワンに心から感謝しよう。

だいたい破砕手榴弾でも機械化兵全滅は無理だ。他のやり方じゃもっと酷かった、きっとな。

だから――まあ、機械化兵二体しか追いついてこないってのは、運が良いって事だろう。

そして足の速いやつから順に、直線でやってきてくれた事も、だ。

「かかってこいよ《イディー カ ムニエー》！」

ぐるぐると回っていた集合住宅の壁から離れ、俺は道の中央をめがけてペペシャをぶっ放す。

俺が《掃除屋》として学んだことの一つに、弾はアホみたいに跳ねたりしないって事がある。

ぶち当たった壁とか装甲とかの上を、転がるようにかっ飛んでく。だからど真ん中が安全だ。

「グワッ⁉　くそが、援護ぐらいしやがれ！」

「ダボが！　だったらさっさと行きやがれ、邪魔だ‼」

対して向こうはでかい図体のせいで、撃てるのは狭い路地でわざわざ前に出た一人だけ。

何発か食らって動きの鈍ってる後ろの方は、前のやつをぶち抜くつもりでなきゃ撃てない。

それはまあ、仲間意識なんてもんじゃなくて、撃って俺をぶっ殺した後が怖いからだが。

だけどお陰で鉄砲の数だけなら互角だ。それ以外は考えるだけ無駄だけれど。

「おらあッ《ウラーッ》!!」

現に前の奴が装甲に物を言わせて突っ込んでくると、俺は手も足もでやしない。

大男はノロマだって言う奴はものを知らない。急所を狙えるような速さじゃないんだ。

いや、あるいは俺の腕のせいか？　かもしれない。ペペシャの銃爪《トリッガー》を引き絞った。

「チッ《ティフ》！　冗談じゃねえぞ!!　一発いくらしたと思ってやがる……！」

ホースで水をぶちまけるように叩き込んだ銃弾が、豆みたいに弾けていきやがる。

ペペシャからぶっ放すトカレフ弾の貫通力を物ともしないのは、流石に軍用だけの事はある。

つまり値段が違うから当然なわけだが、背後にいる方の奴はそうでもなかったらしい。

「ギャッ」と悲鳴と火花を上げて転げるのが見えた。上手いこと装甲の間に弾が入り込んだか。

非科学存在の加護が無かったんだろう。なんにせよラッキー《ムニェ　パヴェズロー》だ。

だが、それで俺の状況が改善したわけじゃない。目の前にはＶＡＧ七三の銃口がある。

「クソがよ《カシマール》!!」

叫んで転げた俺が生きているのは、やつが思い切り動けない狭い道を選んだせいだろうか。

完全機械化兵が腕をぶん回して俺を殴り飛ばすにゃ、ちと向かない。

もし殴られてたら、あの使いっぱしり《シェスチョルカ》より愉快な事になってたろう。

聞く所によるとジャイロジェットピストルってのは、有効射程がえらく極端なものらしい。

遠すぎても近すぎてもダメだとかで、お陰で俺にぶち当たった弾は装甲板を抜けなかった。

あるいはワルワラが今日は《掃除屋》も勘定に入れてくれた。もしかしたらそのせいかも。

いずれにせよ俺はさらに足を捻って無様に転げながら、防弾服を引き裂かれるだけで済んだ。

済んだが――それでもう、限界だ。俺は全身を強かにアスファルトに打ち据えて、おしまい。

なにせ重たい金属の足音は、弾倉交換の暇が無いぐらい間近から聞こえてきやがるんだ。

「……もう良い、もう十分《フバーチット》だ」

俺はペシャを放り出して、呻いた。息が切れる。目出し帽を引っ剥がしたくなる。

酸欠で明滅する視界には、文字通りの鉄面皮をニヤつかせた奴が、一歩ずつ迫ってくる。

「遠慮すんな《ニェ　ステスニャイシャ》よ。まだ全然足りてねえだろ？」

この距離ならぶん殴れなくたって踏み潰す事はできる。どうやら奴はそのつもりらしい。

一トンはあるまいが、数百キロの足で踏まれたら、車で潰されるようなもんだ。

トカレフを抜いても良かったが――無駄玉を撃つのも損だろう。

勝ち目無し。そんな事は最初からわかってた。生肉一人でよく粘ったもんだ。

俺は鉄の塊を、どうにか見上げた。全身余す所なく痛い。まったく、勘弁してくれ。

「しかし勇気のある野郎だ、ええ？　どこの犬だ？　吐いたら、少しは楽に殺してやるぜ？」

完全機械化兵の無機質なクロームの目が、俺を覗き込んでくる。

金属に映り込んだのは息も絶え絶え、必死になっている、間抜けな《掃除屋》の顔だ。

「……良いこと教えてやろうか？」

「ああ？」

俺はぜぇぜぇと喘《あえ》ぎながら、言った。

「後ろを見りゃわかる」

次の瞬間、脳漿《のうしょう》と髄液の雨が降った。やつの頭部がずたずたに切り裂かれて弾け飛んだ。

轟いたのはＫＳ二三、暴徒鎮圧用散弾銃の銃声だ。

俺には暴徒鎮圧に、二三ミリもある対空機関銃の銃身が必要だとはとても思えない。

だが機械化兵《キボルグ》の脳味噌を屑鉄《メタロオム》に変えるにゃ十分だと、今日知った。

「すまんな、同志。遅くなった」

「時間通りさ、同志。助かった」

屑鉄の向こうには、白いスーツに禿頭の大男が、散弾銃を片手にのんびりと立っていた。

背後にはアディダスを着込んでカラシニコフ担いだ、やる気たっぷりの兵隊《パトサン》がずらり。

俺はマフィア《ブラトノイ》の若頭《ブリガティア》に手を貸してもらって、よろよろと立ち上がった。

若頭は俺のナリを見るなり「酷いもんだな」と笑って、ペペシャを拾ってくれた。

受け取った俺は、それを肩から下げる。酷かろうが、値段相応の働きつったらこんなもんだ。

「ああ、動くなよ、坊や。頭をふっとばしちまうからな」

背後で、さっき俺が転がした機械化人が這いずろうとしたのに気づいたんだろう。有無を言わさぬ四連射。若頭《ブリガティア》コロプチェンコは無慈悲な男だ。

「ギアアアアッ⁉」

鋼鉄が砕けて神経接続を切られ、髄液と潤滑油を吹き出すようじゃ、機械化の意味も無い。きっと後でもっと酷いことになるんだろうな。俺は少しだけそう考えて、笑った。

「い、いあっちは良いのかい？　何体か残ってってだろ」

「屑鉄《メタロオム》ならどうとでもなる《掃除屋》を雇ってる。良い仕事をしてくれた」

「そりゃあ良かった」

そうとも、陽動、囮って事はつまり、本命がいるって事だ。俺はそういう役回りだ。けど文句を言っちゃいけない。俺は存在否定可能な人材だから、需要のある《掃除屋》だ。俺程度の一流はそれこそ一山幾らで売るほどいるのに、俺に金を出してくれた事を考えろ。俺はポケットから取り出した鎮痛剤を、ろくに数も数えずに何錠か水なしで飲み込んだ。足の痛みにも効くのか？　知ったことじゃあない。

「報酬は？」

「《吹雪《メチェーリ》》から貰《もら》え」とコロプチェンコは言った。「いつも通りに」

「……つまりは、そういうわけだ」

足元で痙攣《けいれん》している用心棒へ、俺は短く言った。聞いたのはこいつじゃあなかったな。

「雇い主はわかったろ？　俺は帰るぜ。足が痛ェんだ」

歩きながらぺペシャの弾倉を外して、交換する。やれやれ、随分と高くついたもんだ。

電磁手榴弾とトカレフ弾。それとスターシャのとこに行く分くらいには、なるだろう。

「くそったれ《チョルトバジミー》……！」

そんな俺を地べたから見上げ、用心棒は呻くようにして吐き捨てた。

もし視線だけで人を殺せる機械化《キボルグ》があれば、俺は十回は死んだだろう。

幸いにして、まだそんなものは実用化されていない。俺は軽く肩を竦めて、歩き出した。

ふと道端の公衆電話に目をとめて、ポケットをまさぐる。小銭《コペイカ》はすぐ見つかった。

硬貨を放り込み、暗記している番号をダイヤルする。家じゃなきゃ、珈琲屋だ。

しばらくして、がちゃんと硬貨が落ちる音がした。ざらざらと雑音がスピーカーから漏れる。

『誰ですか？』

「ダーニャだ」と俺は片隅のマイクに呟いた。「ダニーラ・クラギン」

『ダーニャ兄さん！』

がちゃんという音。きゃっという悲鳴。『ワレリー！』と怒鳴る声。何を蹴っ飛《と》ばしたやら。

『無事ですか？』平然とした声。『此方からは状況が拾えなくなってしまったので――……』

「おう」

電磁手榴弾をぶん投げたと言ったら、俺の妹はどんな顔をするだろうか。

人に頼って、調べて、装備を整えて、祈って、やれるだけやって、この結果だ。

上出来じゃあないか？

◆

「……うむ？」

悲鳴一つ聞こえなくなったバスルームで、ナイフを片手にボス《パカーン》は顔を上げた。

赤黒い汚れの飛び散った時計の針は、予定の時間をとっくに過ぎている事を示している。

たまさかのストレス解消といえど、いささか夢中になってしまうのは彼の悪い癖であった。

彼はボルシチをぶち撒けたが如《ごと》き有様に苦笑し、ナイフを肉の塊に突き刺して、手を拭った。

タオルがわりに使うのは長い金髪で、まだ瑞々《みずみず》しさを保ち、艶めいている。

「やれやれ。私に気を使うのは良いが、ちゃんと呼びに来てくれなきゃあ困るじゃないか」

なにせ後始末の手間暇というものがある。遊んだ後は片付けなければならない。

そう難しい事ではない。何しろ、似たような手合は多いのだ。

薬局店員ばかりを殺すアプテチヌィ《薬局》・マニアック。ダニロフ通りの殺人鬼。

ブラッド《バンダ》マジック《マギア》ギャング《クロヴィ》とかいう殺人同好会。

些《いささ》か趣は違うが都市伝説めいた処刑人、白い矢《ベラヤ・ストレルカ》なんてのもいた。

最近じゃあモスクワの夜闇《やみ》には『赤い狼《クラースニイ・ヴォルク》』が出るって話だ。

どれもこれも子供を脅かす魔女の家の怪物《バーバ・ヤガー》に似て、しかし確かに実在する。

ただし——ブラウン管の中には存在しない。そういう風に扱われている。

不道徳な犯罪というのは資本主義社会に存在するもので、偉大な祖国にはありえないからだ。

ビツァ公園かその近くのマンホールにでも放り込めば、それで終《しま》いだ。

民警《ミリツィア》の動きは鈍く、ふしだらな女の一人二人、消えたところで気にするものはいない。

後片付けをすれば、殺人鬼どもの犯行の一つにまぎれて消える。チェス盤に駒を置くように。

しかしそんな簡単な事でも、時間はかかるものだ。遊びの時間が長引く。これは宜《よろ》しくない。

彼は自分が夢中になりがちな事を、悪癖として理解している。努めて切り替えなければ。

「おい、片付けるぞ。手伝え!」

ボスは、バスルームの扉の向こうに叫んだ。返事は無い。

麻薬《ナルコチック》でもキメてるんじゃあるまいか?

彼は寛容な上司であろうとしているが、それでも仕事はきちんとしてもらわねば困る。

苛立《いらだ》たしげに舌打ちをしながらバスルームを出て、タイルに赤い足跡を残す。

後で此処も掃除しなければなるまい。自宅ではないが、血痕が残るのは頂けなかった。

「——おい⁉」

体にバスタオル一つ巻いて、肌寒い室内に出る。やはり、返事はない。

生きている者がいないのだから、当然だ。

ボスの足が、ぱしゃりと水たまりを踏んだ。ひどく粘ついた、潤滑油と髄液の混じった汁。

「あん？」

ジャムめいたそれに、ほんの一瞬でも気を取られた――その時、何を考えたのだろう。

「ミャーウ♪」

いずれにせよ、最後に聞いたのは猫の鳴き声だった。

ひょいと顔を上げたその下の喉を、電熱式の爪《ノーガチ》がバターのように引き裂いた。

ぴゅう、と。笛の音と共に噴き出す血。その一滴を退けて、黒猫が踊るように床を踏む。

全身にぴたりと張り付いた、タイトなファッション。艶めいた黒い毛並み。クロームの瞳。

黒猫《チェルノコーシカ》――エレオノーラ、黒髪のノーラ。

彼女は、誰かが上手くやってくれたお陰で楽にいった仕事の出来に、にっこりと微笑んだ。

「うん、やれるだけやったね！　上出来」

もちろん――ダニーラ・クラギンには預かり知らない事だった。

◆

「おい、同志、聞いたか？」

「ああ。例の女好きのボスがぶっ殺されたってな」

「《掃除屋》が陽動をやったらしい」

「どうせまた、誰かが死ぬさ」

◆

随分と昔の話を、たまに思い出す。

あれは確かマリーヤが《電脳屋》を始めて、俺の仲介をやりだしたばかりの頃だった。

俺はといえばしゃにむに路地裏を突っ走っていた頃だ。なにしろ、金が必要だったんだ。

スターシャに会うには、今までよりももっとずっと金が必要になった時期だったからな。

――やっぱさ。

そうノーラは言った。

――ダーニャ兄、スターシャ姉、マリーヤ姉に任せっぱなしはダメだよね。

――……同い年の女の子に、『機械化《キボルグ》したいの』って相談された俺はどうすりゃ良い？

ワレリーの声だった。

あいつら、俺がソファでウトウトしてると思ってたんだ。だから聞こえてないって。

実際間違っちゃいない。その時の俺は、聞こえてたけど、聞いちゃいなかった。

疲れ切ってソファにぶっ倒れて、眠ってるんだか起きてるんだか、自分でもわからん。だから耳に音が入ってきても、それを言葉だなんてとても思わなかった。

覚えているはずなのに、完全に記憶から消えっちまう事ってのはあるんだ。

なのに不思議なもので、それが後になって不意に、ふっと、突然浮かび上がってくる。

まるでちょっと動かした家具の下から、何年か前に落とした飴玉《あめだま》が出てくるみたいに。

そんなところにあったのかって思っても、埃《ほこり》まみれで、もうどうあがいても手遅れなんだ。

――だってダーニャ兄絶対怒るし、スターシャ姉泣くし、マリーヤ姉は吹雪じゃない。

――……。兄貴にぶん殴られたくないから、やめとけって言っておく。

ワレリーは、まったく「やめとけ」と言う風には聞こえない、曖昧な声でぶつぶつ言った。

――でも、俺も中古で車手に入れて手伝うつもりでいる、とも言っとく。

――……ん。わかった、ありがとね。変なこと聞いて。

――いや、うん。良いさ。やんなきゃだもんな。

あの時に飛び起きてひっぱたいてたらどうなったろうか。考えるだけ無駄な話だ。

そんな程度で自分の考えを変えるような妹でも、弟でもない。なにせ俺の妹と弟だ。

俺にできる事《こと》っていったら、なんだろう。やれるだけやって、その結果がこれだ。

さしあたって――《お医者》も言ってたっけな。ノーラの電池だ。

ノーラに新しい電池を買ってやらなきゃ。チバ製の、いっとう上等なやつを――……。

「まったく、もう。聞いているんですか、ダーニャ⁉」

宙をふわふわ漂っていた俺の意識は、スターシャにぐいっとベッドまで引き下ろされた。

柔らかなマットレスとシーツの上に寝転がってる時点で、そう大差はないのだけれど。

なにしろスターシャがいれば、夢見心地になるには十分すぎる。

たとえ彼女が怒っていますよと言わんばかりに、頬を膨らませていたってだ。

「だから言ったじゃないですか、気をつけてくださいって！　それなのに……！」

ずいと身を乗り出したスターシャが、俺の上にのしかかるようにして両手を突く。

俺は目の前に見える谷間——服を着てたって、だ——を見ながら、真摯《しんし》に答えた。

「ただの捻挫《ねんざ》だぞ」

「捻挫でも、怪我《けが》は怪我です！」

スターシャはそう言って、俺の鼻先をぴんと指で弾いた。これがお仕置きなら大層なものだ。

「今日は寝てること！　ご飯は作ってあげますけど、キスとか、そういうのは全部禁止です！」

足に悪いですから。当然のようなスターシャ。俺は今にも死にそうな顔をして言った。

「そりゃあ酷《ひど》い、あんまりじゃあないか？」

「先生からも、『お前は男を甘やかしすぎる』って言われてるんです」

しかし返事は厳しいもので、スターシャはするりと俺の体の上から逃げてしまう。

後にはふんわりと漂う石鹸《せっけん》の香りと、彼女の残してくれた温《ぬく》もりだけが俺の上にある。

「だからダーニャにはこれくらい厳しくしても良いでしょう?」

ツンと澄まし顔で言うスターシャに、俺は短く「チッ《ティフ》」と舌を打つ。

なにせ彼女は一度こうと決めたらそれを曲げない性質なのだ。俺の我儘《わがまま》を聞いちゃくれない。

だからまあ、俺がふてくされたのも仕方の無いことだろう。

何日もかけて走り回って必死こいた結果、お仕置きをされたんじゃたまったものじゃあない。

いや、もちろん悪いのは俺だ。それはわかっている。

こんな態度は、とても弟や妹たちの前では見せられたもんじゃあないだろう。

スターシャくらいのものだ。そしてそれを、スターシャはいつだってお見通しなのだ。

台所に向かう彼女がくるりと振り返ると、その瞳が悪戯《いたずら》っぽく瞬いて、星の輝きが俺を見た。

「そのかわり、次は……ね?」

「……」

俺はGRUを相手取った時よりも真剣に考えて、脳裏にひらめいた天才的発想を口にした。

「……スターシャが上に乗れば、俺は動かないで済むんじゃ……?」

「だーめっ《ニェットッ》」

モスクワより愛をこめて

その日も、宇宙征服《ポコリテリャム・コスモサ》碑は変わらずモスクワにそびえ立っていた。

オスタンキノ・タワーから伸びる電脳網を貫いて、それよりも遥《はる》か遠く、雲の彼方《かなた》まで。

天に向かって大きく弧を描いた百メートルもの高さのチタンの塔は、空を征した証明だ。

偉大な祖国の勝利を讃《たた》えるこの碑の下には、英雄たる歴代宇宙航海者《コスモナフト》たちの胸像が並ぶ。

ロケットの父ツィオルコフスキー、最初の男ガガーリン、〝かもめ《チャイカ》〟のテレシコワ……。

そして月の男、ウラジーミル・コマロフ大佐。

偉大なるライカに続いて宇宙へ挑んでいった、多くの男と女たち。

スプートニク、ゾンド八号、二百年経《た》っても変わらぬ輝かしき人類最大の功労者たち。

たとえ月面の足跡より一歩も進んでいなくても、その一歩の価値が貶《おとし》められることはない。

人類史上もっとも大いなる一歩は、その後も記録が更新されていないというだけの話だ。

そして我らの努力は報われた
我らは無限の暗黒と恐怖を克服する

燃え上がる炎の翼を鍛造したのだ
この我らが祖国と人民の時代に！

俺《おれ》には難しい事はわからない。この碑に刻まれた詩の意味だってよくわかっちゃいない。

俺にわかるのは、彼らが立派だってことだ。

男も女も犬たちも、本当の仕事をやってのけた連中だって事だ。

対して、俺はその日、彼らに見下ろされた平和大通り《プロスペクト・ミーラ》を這《は》い回っていた。

偉大な祖国に渋滞なんていう資本主義社会の悪しき現象は、そう滅多にはない。

だが今日はその滅多にが起きた日だった。

通りを埋め尽くす車。大半はモスクビッチ、ジグリ、ポペダといった大衆車だ。

罵声が飛び交い、クラクションが鳴り響く。そして轟《とどろ》く銃声、爆発《ばくはつ》音。

「来やがれ《ダヴァーイ》!!」

「くたばれ畜生《サバーカ》!!」

マフィア《ブラトノイ》どもが怒鳴り散らして、カラシニコフを振り回す。手榴弾を投じる。

喧嘩《けんか》か、抗争か。目的すら定かではなく、兵隊達《バトサン》は撃ち合いを繰り広げる。

巻き込まれた方は、たまったものじゃあない。

状況をわかってないで怒鳴る奴《やつ》も多い。さっさと逃げ出す奴は臆病でなく、賢い連中だ。

「止まれ《ストーイ》！　止まれ《ストーイ》！　……止まれ《ストーイ》ってんだろがこのボケ《トゥポーイ》！」

民警《ミリツィア》のお巡りどもも怒鳴り散らしているが、さしあたって効果はない。

というより民警だってこんなことに関《かか》わるだけの給金はもらっちゃいない。

怒鳴る以上の事をする気が無い、といった方が良いのかもしれない。

もっとも、俺だってそこまでの大金をもらっているわけじゃあないんだ。

ただ、俺が命がけになるには十分な額だってだけで。

継ぎ目のない近未来的リムジン――ＶＡＺ‐Ｘが、橙色《だいだいいろ》の炎と黒煙を伴って燃えるのを見た。

誰《だれ》も彼もそんなもんに構っている暇は無いらしい。俺だって同じだ。一秒すら惜しい。

俺は鼻を鳴らして、人混みを掻《か》き分《わ》け、道路を走り抜ける。

こんな状況だ。短機関銃《ペペシャ》を抱えてたって、誰に見咎《みとが》められるわけもない。

後は敵次第だ。俺は頭の中に叩《たた》き込《こ》んだ情報を思い返し、皮肉げに唇を釣り上げた。

――ツイてるぜ、ＭＩ６《ムニェパヴェズロ》だけなら勝ち目がある。

ひっでぇセリフだ。ＭＩ６だけなら勝ち目があるだって？

「俺はイリヤー・ムーロメッツ大尉じゃあないんだぞ……！」

罵《ののし》りながら、俺は走る。

心臓が破裂しようが構うものか。機械化《キボルグ》していなかった事を、少し後悔した。

死んだって俺は走らなきゃならない。――スターシャの命がかかっているんだ。

◆

「んっ……ふっ、ぁ……あ……っ　ぅ、ん……んん……ッ」

ちょいと背伸びしたスターシャが、瞳《ひとみ》を潤ませて、はふ、はふ、と切なげに息を漏《も》らす。

彼女の乳房を胴で受け止めて、細い腰に手を回してその軽い体を支えるのは、最高の仕事だ。

「ふ、ぁ……っ。あ、……ダァ……ニャぁ……？」

ぎゅっと俺の防弾服を握りしめて体を支えながら、彼女が俺をそっと見上げた。

息が続かなくなったのだろう。その頬《ほお》は赤く上気して、その瞳は、とろりと蕩《とろ》けている。

唇からは、つ、と銀色の糸が垂れていて、俺でなくたってもう一度キスしたくなるだろう。

だが、それはできない。時間は無限にあるが、いつだって有限なものなのだ。

シュトゥルマンスキーはいつだって正確だ。ガガーリンに百八分を教えた時から変わらずに。

俺は理性を総動員し、ガラス細工を扱《つ》うような繊細さで、スターシャの体を引き剝《は》がした。

彼女は名残惜しそうに体を擦り付けてくるけれど、俺だってもう限界なんだ。

「……今日はもうおしまいだもんな」

「……ええ」スターシャは、そっと微笑《ほほえ》んだ。「ダーニャは、ちゃんと我慢してくださいね？」

他の子のところに行かないで。スターシャは、あえてそれを口にする事はないけれど。

いや、もしかしたらそれだって、俺の頭に浮かんだ都合の良い妄想なのかもしれない。

でもまあ、良いんだ。そう思われてるって思った方が、俺は気分が良い。

分厚い手袋に覆《おお》われた指先でスターシャの銀の髪を梳《す》くと、彼女は猫のように目を細めた。

「また来るよ」

「ええ、待っています」

にこりと微笑むスターシャと最後に互いの頬に唇を触れさせて、俺は彼女の部屋を後にした。

ちらと振り返ると、スターシャが腰の所で小さく手を振っていた。「またね《パカパカー》」

おかげで、俺はにやっと笑うのを抑えるのに苦労するはめになった。

いつもと同じように格子戸の昇降機に乗り込んで、硬貨《コペイカ》を放り込む。

払った額に見合うだけの静かな動きで、昇降機は俺を地上へと運んでくれる。

だからまあ、その後に起こる事だっていつもと同じなのだ。

「やっと降りてきたね、ダニーラ・クラギン」

目を三角に尖《とが》らせたマダム・ピスクンが、いつも通りの凛々《りり》しさで俺を待ち受けている。

だけど俺だって負けちゃあいない。ＧＲＵやらマフィア《ブラトノイ》とだってやりあってきたんだ。

俺はちらりとわざとらしく、腕のシュトゥルマンスキーへ目を落としてみせた。

「そんなに時間をかけたつもりもないいんですけど……。時計が遅れたかな？」

「こないだ足を怪我《けが》したって聞いたからね。間の抜けた事さ」

マダムに皮肉は通じない。彼女は獲物を前にした猫か鷹《たか》みたいな目で、俺をじろりと見る。その度に俺はぎくりと身が竦《すく》むのだ。これが躾《しつけ》とか、条件反射ってものなんだろうか？

俺は前にマリーヤから聞いた、イワン・パブロフの飼い犬たちの話をぼんやりと思い出した。

「神は注意深い者を大切にするんだ《ベレジョーナヴァ・ボーフ・ベレジョート》。間抜けは御加護を得られないよ」

非科学存在を信じているとは、マダムはやはり古風な人だ。

俺はそれを笑い飛ばしたって構わない。だが、人が信じるものを笑う気にはならない。

なんてったって、そんな無作法ものはマダムにひっぱたかれてしまう。

「脚が狼《おおかみ》を養うって言うじゃないですか」

「だったらその脚を怪我するんじゃあない」

だが俺の拙《つたな》い反論だって、マダムはぴしゃりと叩き落とすんだ。まったく、嫌になる。

こういう時は実績で反論するのが良い。結果っていうのは、誰でも黙らせられるからな。

「大丈夫、ちゃんと金は稼いでますよ」

「そんなことは当たり前だよ。音楽を聴けるのはね、金を出した奴だけなんだ」

当然の事を誇るなというのは、もっともなのだが、俺としては結構な苦労をしているのだ。

俺はしょぼくれながらも、マダムが優雅に差し出した手のひらへ、封筒を手渡す。

「……はい《ナ》」

「よろしい《ラードナ》！」

俺がかけた手間暇に比べれば魔法のような鮮やかさで、マダムは封筒をしまい込む。

いつだって、俺は金を稼ぐと気持ちが大きくなり、取り上げられると萎《しぼ》んでいくんだ。

ちょいと肩を落とした俺を、マダムは相変わらずの鋭い目つきでじろりと睨《にら》む。

そして枯れ枝のような、というより魔女の婆《ばあ》さんの杖《つえ》のような指で、俺の胸を突いた。

「ダニーラ・クラギン。あんた、しばらくは来ないほうが良いね」

「はあ《ア》？」

「来ないほうが良いと言ったんだ。ロシア語はわかっているだろう？」

「なんだそりゃ。どういうこと《エータ　カーク　ジェ》だ？」

俺が思わずそう言ったのは、当然だろう。

スターシャに会うには金がいる。つまり金を持ってくればスターシャに会えるって事だ。

そこにとやかく言われる筋合いは――まあ、なくはないが。

俺みたいな無法者《ウゴローニキ》に寄り付いて欲しくないと、マダムが言うとも思えなかった。

現にマダムは俺の様子を見て微《かす》かに鼻を鳴らすと、ゆっくりと首を左右に振った。

「勘違いはおよし。単にこっちの都合ってだけだよ、ダニーラ・クラギン」

「……つまり？」

「次の芝居のためさ。あの子にはちょいと集中してもらいたい。それだけの話だよ」

「ふぅん……」

俺は唇を尖らせた。だけど、それ以上に口出しすることなんてできやしないんだ。スターシャの舞台。それは彼女の立派な仕事であって、俺にどうこうできるもんじゃない。しばらく黙った後、俺は観念して「ちぇっ《ティフ》」と舌を鳴らした。

「また来るって約束したんだぜ？」

「なら来れば良いさ」

マダムは俺を見下ろすように睨む。そして珍しく——本当にだ！——唇の端を吊り上げた。

「その時は、またちゃんとお代を用意して来るんだね！」

◆

ジャズとかいう女の歌は、相変わらず掠《かす》れていて、なんともそそる声色だった。ざりざりという肋骨《リヨブラ》レコードの音質を差し引いたって、良いものは良いものだ。

第一、音質なんて生まれてこの方気にした覚えが無い。音が出るのはそれだけで偉大だ。

「おっ。兄さん、目が高い、耳が良い。どうだい、限定プリントだ。今しかないよ！」

「考え中だ」

チェルキゾフスキーの市場。店主の声を適当にあしらいながら、俺は少し考える。

贅沢《ぜいたく》できる身分じゃあないが、贅沢できないってほどでもない。

スターシャが忙しいってんならその間は家で時間を潰《つぶ》さにゃならないし——……。

——音楽ってのは、なかなか文化的な趣味じゃあないか。ええ？

なかなかに格好がつきそうだ。壊れた蓄音機でも拾ってきて、マリーヤに修理を頼む。

もちろん手間賃を弾んでやって——それで、ジャズの肋骨レコードを聞くわけだ。

穴蔵の奥底でソファに腰かけて、この掠れ声をした異国の女の歌声に耳を傾ける。

傍《かたわ》らにはウォトカの入ったグラスでも置こう。カラシニコフはなしだ。

それは俺の中の想像としては、なかなかに上等な光景のように思えた。

イリヤー・ムーロメッツ大尉ほどじゃあないにしても、随分と格好がついている。

格好がつくってのはつまり、余裕があるって事だ。

余裕ってのは家族でうまい飯を喰《く》い、女に会いに行って、音楽を聞けるってことだろう。

「おっと、ごめんよ《プラスチー》、同志！」

「残念《ジャーウカ》だな」

ポケットに手を伸ばす小僧の鳩尾に肘を打ち込み、悶絶するそいつを無視して封筒を抜く。

ルーブル札を引き出して、俺は店主に指で挟んでよこした。

「一枚くれ」

「まいどあり《スパシーボ》、最《フセヴォー》高《ハローシェヴァ》だよ！」

店主はレントゲン写真に彫り込まれたレコードを、油紙で包んで俺によこした。

どこの誰の骨格だかもわからないそれには、どこの誰かもわからない女の歌が刻んである。

いや、名前は知っている。ジャズだ。それで十分だ。

俺はその包みをしっかりと懐《ふところ》に抱えて、歩き出した。

金は減った。代わりにレコードが一枚。それだけなのに、なぜだか足が軽い。

意味もなく取り出して眺めたくなる——そんな事はしないが。

値打ちものを持ってると思われたら、またぞろ面倒な事になる。さっきのガキみたいに。

だから俺は足早に、闇市《やみいち》の雑踏を掻き分けて脚を進めていく。

二一六〇のオリンピックが近いせいか、闇市の連中もどこか活気づいているように見える。

「さあさ、オリンピックの前にテレビを買おう！　チバ製、拡大レンズなしでもくっきりだ！」

「一九八〇モスクワ五輪の回転電視機《スノーヴァテレヴィザル》！　懐中映写機《カルマンヌィプロエクトル》用のフィルムだよ！」

「メダル獲得のトトカルチョ、一口一ルーブルから！」

生まれてこの方、運動だの体操だの大会だのにはとんと縁の無い身だ。

オリンピックなんてのも、死ぬまで関係が無い事だと思っていたが——……。

——祭りの類と考えりゃ、そう悪いもんでもないのかもな。

自分が興味の無い事で他人が盛り上がってるからって、当たり散らすのはゴメンだ。

とすると、これも余裕ってやつなんだろうか？

金があれば余裕ができる。余裕は金で買えるわけだ。値段相応の価値はあるな。

――そういう意味じゃあ……。

マリーヤがあの苦いだけの泥水を啜《すす》ってるのだって、そう悪いこっちゃないのだ。

俺の妹は自分で金を稼いで、自分の好きなものを買って、それを楽しんでいるわけだ。

部屋をブラウン管と計算機で埋め尽くしているのだって、昔からは考えられん事だろう。

コーヒースタンドから香る焦《こ》げた臭いを嗅ぎながら、俺は彼女の隣に遠慮なく腰掛ける。

突っ立ったまま腕組みをしていた黒髪の少女は、じろりと俺を見下ろして、睨んだ。

「こんにちは《ドーブライ　ヂェン》、同志。……今日は時間通りですね」

「時間の大切さは理解したからな。あと、追い出された」

「……チッ《ティフ》」

苛立《いらだ》たしげな舌打ち。マリーヤは苛立たしげに唇を噛《か》む。しかし、次の言葉はない。

俺はジャズって女の歌声と、蓄音機について話してやろうとして、彼女の横顔を見た。

そして抱えていた肋骨レコードの包みを傍らに置き、ぼんやりと雑踏を行く群衆を眺める。

誰も彼も、目当てのものを見つけたか、抱えるかして、せかせかと歩いていた。

「急ぎの仕事か？」

すぐ傍《そば》で、マリーヤがぴくりと体を震わせるのがわかった。

「……。まだ何も言っていませんけれど？」

俺は頬杖《ほおづえ》を突いて人混みへ顔を向けながら、目だけをちらりと妹の方へ向ける。

「珈琲《コーヒー》、飲んでないだろ」

「……間抜け《カプースタ》」

マリーヤは忌々《いまいま》しげに吐き捨てて、またチッと舌打ち《ティフ》をした。

彼女はそれ以上の時間が惜しいと思ったのか、それとも、焦《あせ》っているのか、両方か。

早口でまくしたてるように「クライアントは《機関《オルガン》》です」と呟《つぶや》いた。

「おい、俺ァ別に詳細を聞く気は――」

「聞いてください」

悲鳴にも似た一声。

「スターシャ姉さんの周辺でGRUが動いています」

一瞬、音が消えたように思った。人混みの音も、遠くから聞こえる掠れた歌声も。

俺は妹の我儘《わがまま》を聞く兄貴のように呆《ほう》けた顔をして、ただ黙っていた。

「……姉さんと関係を持った軍人が、《OBД《ワルシャワ条約機構》》の最新鋭機ごと亡命を計画しています」

そりゃあ凄《すご》い。まるでMI6の〇〇《ダブルオー》要員みたいだ。

「スターシャも疑われたか」

「幸いにして……と言うべきか……姉さんは、KGBに近い位置にありますから……」

《水族館《アクヴァリウム》》もすぐには手を出せないが、手を出せれば《機関《オルガン》》への政治的打撃となる。

故に今はぐるぐると唸《うな》りながら、ぐるぐる周囲を巡って様子を見ているのだろう。

マリーヤは言葉を濁していた。説明されたって、俺にはわからないから、それで良い。

政治だのなんだのよりも、俺が考えなきゃいけない事は他に山程ある。

「クライアント《ポスタリッツ》の意向は？」

「……件《くだん》の要人の暗殺。証拠書類の奪取。以ってGRUに先んじること、です」

「スターシャの安全は保証されるのか？」

「恐らく。スターシャ姉さんはモスクワ一ですから、GRUも証拠がなければ……」

「そこで俺を使う理由は？」

「失敗した時、《機関》が存在否定可能な人材だからかと」

「報酬」

打てば響くような機械的受け答え、《吹雪《メチェーリ》》の勢いが、そこでぴたりと途絶えた。

俺は傍らのマリーヤを見上げた。彼女の顔は、そこにはなかった。

マリーヤは屋根の雪が落ちるように、俺の隣へとへたり込んでいたのだ。

雪よりも白い顔が、俺を覗《のぞ》き込む。瞳が真《ま》っ直《す》ぐに俺を見つめる。美人になったもんだ。

「……待って、兄さん。やる気ですか？」

「もちろん《ダー》」

なんてことない。いつも通りに、俺は答えた。その袖《そで》が、ぐいと強く引っ張られる。

「………ダメ《ニェット》」

もちろん、そんな事をするのは、マリーヤしかいない。

ダメ《ニェット》、ダメ《ニェット》、ダメ《ニェット》……。黒髪を揺らして首を横に振りながら、何度も、何度も。

ずいぶんと昔に穴蔵でそうしたように、妹は力のこもって白くなった指で、俺の袖を握る。

「……兄さん、死んでしまうかもしれないのよ」

「スターシャがな」と、俺は言った。「芋づる式に俺。……そして、お前たちだ」

こんな笑い話がある。

書記長の演説中、誰かがくしゃみをした。書記長はくしゃみをしたのは誰かと問うた。

誰も答えなかった。だから書記長は手前から順繰りに、列に並んだ奴らを粛清していった。

とうとう最後の一人が震えながら言った。私がくしゃみをしたのです。書記長は言った。

――大したことじゃあないさ、同志。お大事に！

「わかっているから俺に話を持ってきて、その癖《くせ》そんな顔をするから、まだまだ半人前なんだ」

小さい頃から変わらない、マリーヤのこの表情に俺は弱かった。

マリーヤは唇を噛むと、顔を俯《うつむ》かせた。黒髪が流れて、顔が隠れる。俺の袖は握ったまま。

「……チッ《ティフ》」

そして聞こえよがしに、わざとらしい舌打ち。俺は思わず笑ってしまった。

「その癖、やめろって」

「嫌です。……ダーニャ兄さんのせいですよ」

マリーヤはそう言って、すん、と小さく鼻を啜った。掌で目尻を擦って、やっと顔を上げる。

だから俺は、やっぱり何かこう、それらしいことを言ってやろうと、そう思ったのだ。

「まあ、なんだ。心配するな」

俺の無骨な指先で触れるのが申し訳ない。だがそれでも、俺は妹の黒髪を撫《な》でてやった。

「やれるだけ、やってみるさ」

◆

そのまずひとつ目が、床に転がったバカでっかいタイヤを引き起こす事だった。

トラック用の廃タイヤを引き起こしては、渾身《こんしん》の力を込めて倒し、また引き起こす。

一度、二度やるだけで全身に汗が吹き出て息も上がるが、つまり体を使ってる証拠だ。

俺は歯を食いしばって、まるで楽しい玩具《おもちゃ》であるかのようにタイヤに摑《つか》みかかる。

こいつは短機関銃担《かつ》いで走り回って人を撃って殺すには、何よりも重要なものの一つだ。

走れなくなったら死ぬ。銃を持つのに疲れても死ぬ。そう、死んだオヤジが教えてくれた。

今思えば、あの廃品屋のオヤジは復員兵《ベテラノフ》だったのかもしれない。

そして実際、あのオヤジは走れなくなるくらい酔っ払って道端で寝こけて死んだ。

つまり、理にかなった教えだったわけだ。実践するだけの価値は確かにある。

もしモスクワ大学で運動学とやらをパンパンに詰め込んだ奴が見たら、きっと笑うだろう。

こいつのやり方は間違っている。効率が悪い。馬鹿《ばか》げてる。もっと良い方法がある。とか。

知ったことか。

命をかけるのは、そいつじゃなくて俺だ。

ダニーラ・クラギンのトレーニング《トレニロフカ》に文句を言えるのは俺だけだ。

そのインテリがスペツナズの機械化兵《キボルグ》とやりあって殴り殺せるなら、聞く価値はあるにせよ。

どこそこの筋肉を十回動かすのを三組ってのは、三十回やるのと何が違うんだ?

いちいちそんな事で悩んで鍛えられないんじゃあ、何の意味も無い。

俺は汗水たらして体を動かしながら、じっと温水パイプを睨みつけた。

家《ドーマ》では壁《ステヌィ》まで助けてくれる《パマガユト》。だが、今回は無理だ。

アダム・アドロヴァ連邦空軍《VSS》少佐。

俺は駄々をこねるマリーヤから受け取った資料の、フォトテレグラフ写真を思い返す。

そう、テレグラフだ。テレックスじゃあない。顔がわからなきゃどうしようもないからだが。

粗い印刷でも確かにわかる、白い歯を見せて微笑む金髪の二枚目。軍服の下の体格も良い。

まさに理想の軍人。英雄。宇宙飛行士候補。そして資本主義者と内通しているスパイ。

——そして、スターシャの友達だ。

この男がスターシャと仲良くする時にどんな顔をしてても良いが、彼女の方はどうなのか。

一瞬考えた後、俺は勢いをつけてタイヤを転がした。重たい音が響く。摑みかかり、起こす。

二百年ほど前にも似たような事件はあったと聞く。

その将校は当時の最新鋭機に飛び乗って、防空網を突き抜けて極東に逃げたとかなんとか。

そっちは防空軍の方らしいが、何にしろ五輪直前に馬鹿をやられちゃたまらない。

アダム少佐殿が我らが祖国の機密を持って逃げ出す前に、掃除するのが、俺の仕事だ。

「けど、この少佐は敵じゃあねえんだよな」

俺はタイヤを地面に叩きつけた後、そいつにもたれるようにして呼吸を整え、額を拭う。

《機関《オルガン》》がアダム少佐の馬鹿を止めようと躍起になって動き出した。

《水族館《アクヴァリウム》》は《機関》の失点に嚙み付こうと牙《きば》を剝《む》いてぐるぐる回る。

まあ身内での争いなんて、珍しくもない。俺もしょっちゅう一枚嚙んでる。

けど、今回は生憎《あいにく》と交友関係の広いアダム少佐殿のおかげで、えらいことになっている。

アダム少佐の機密を確保しようとしているＭＩ６とＣＩＡ。

当然ながらそれを阻止し、ついでにＫＧＢの失点を狙《ねら》っているＧＲＵ。

そしてその殴り合いのど真ん中にＫＧＢ代表として殴り込む――……。

「《掃除屋《スマーサショール》》のダニーラ・クラギン、か」

イカレてる。正気じゃあない。他人がやってたら俺だって指差して笑う。

――状況を整理しよう。

大前提、《機関《オルガン》》が俺に全賭《か》けしてるってこたぁ、ありえない。

当たり前だ。《掃除屋》一人に全部任せて高みの見物できる状況じゃないからだ。

てことは少なくとも《水族館《アクヴァリウム》》の連中と裏で殴り合ってる、と期待したい。

期待する事にする。そうでなきゃあ、俺を処分することに決めた《機関》の罠《わな》だからな。

そしてCIAについて言えば――正直、あまり怖くない。

もちろん一介の《掃除屋》が雑魚呼ばわりできるような、そんな相手じゃあないだろう。

でも、それは正面から向き合って挨拶《あいさつ》してから殴り合った時の話だ。俺は行儀が悪い。

CIAに根性があるのかといえば、正直、答えはNO《ニェット》だと思っている。

標的をスコープに入れておきながら、民主的手続きとやらで撃てない連中。

どこでもそこでもサングラスつけた筋肉もりもりのタフガイを送り込んでくる連中。

《機関《オルガン》》や《水族館《アクヴァリウム》》が黒服を着ているのとはわけが違う。

なにせ俺たちをおっかながらせるのが仕事だ。CIAの皆様はそうじゃあるまい。

おまけに人の庭で悪戯《いたずら》してるくせに、向こうの白い家のサムおじさん《アンクル・サム》が怖くて仕方ない。

となると、つまりは――……。

「ツイてるぜ《ムニェパヴェズロ》、MI6だけなら勝ち目がある」

俺はそう言って、へらへら笑った。

まったく……ひっでぇセリフだ。ＭＩ６だけなら勝ち目があるだって？

俺はイリヤー・ムーロメッツ大尉じゃあないってのに。

「おーい、兄貴。そろそろメシできるぜー？」

不意に、ワレリーののん気な声が耳に届いた。

俺は「おう」と応じて、顔をタオルがわりの布切れでごしごしと拭った。

「今日の当番お前だったか。メニューはなんだ？」

「チョウザメのスープ。ビヨウに良いもの食わせろって、ノーラが騒いでさ」

「あいつは《お医者《ヴラチ》》に夢中なのさ。察してやれよ」

俺がそう言うと、ワレリーはニヤッと笑った。

チョウザメは卵ばっかり有名だが、身だって旨《うま》いもんだ。モスクワには何だってある。

タオルを首に引っ掛けた俺と並ぶと、ワレリーの背が俺とそう変わらないことに気がつく。

昔っからひょろっとしてたが、伸びれば伸びるもんだ。マリーヤもノーラもそうだけれど。

「マリーヤはどうしてる？」

「姉貴ならなんか部屋に引きこもってたから、ノーラが引っ張りだしにかかってるよ」

「そうかい」

「兄貴」ワレリーは言った。「次の仕事《ヤマ》、大変なのか？」

「いつも通りにな」俺は笑った。「だからさっさとメシを食わせてくれ。腹減ったよ」

「おっしゃ、すぐにやる！」

料理に戻るワレリー。俺は食卓について、椅子《いす》でくつろぎながら、のんびりと耳を澄ませる。

マリーヤ姉！　と甘えた声。ノーラ！　と苛々《いらいら》した声。きっと線を踏むか何かしたのだろう。

そりゃマリーヤも、あんなやり取りをした後に俺と顔を合わせるのが気まずいに違いない。

どんな顔をしているのやら。きっとバツが悪いか、不貞腐《ふてくさ》れたか、拗《す》ねてるか、その全部。

本人はきっと、つんと澄ました顔を取り繕ってるつもりだろうけど、俺には一発でわかる。

俺たちなら、わかる。ワレリーも、ノーラも、マリーヤも、スターシャも。家族の事なら。

しばらくすれば、ノーラがマリーヤの手を引いて食堂にやってくるだろう。

そしてワレリーの作った料理を囲んで、全員で喋《しゃべ》りながらメシを食うわけだ。

マリーヤはツンケンして、ワレリーは調子の良いことを言って、ノーラは引《ひ》っ掻き回す。

食い終わったら、俺は仕事に取り掛かる。準備をして、掃除をする。

それから、スターシャに会う。

何も変わりゃしない。やる事は一つ。

――ありったけだ。覚悟しろ、ＭＩ６。

◆

「よお同志、邪魔しますぜ」

「あら」

タチバナ女史は、相変わらず忙しそうだったにも拘らず、にこやかに俺を迎えてくれた。積み重なったブラウン管と書類の山脈は、前にも増して標高を上げているように思える。けれどその狭間《はざま》に座した彼女は運転中よりも高揚した様子で、溌剌《はつらつ》とした声を上げた。

「この間の《掃除屋《ポスルスラズヴィ》》さんじゃありませんか。今日はどうされました？」

「ちょいとアフターサービスにね。お変わりありませんか、と」

「ふふふ、ご心配なく。ＧＲＵの方々とは仲良くさせていただいておりますとも」

――とすると、連中との予算のやり取りでは彼女が一勝ってところなんだろうか？

もちろん彼女の発言が真実かどうかなんて、わかりゃしない。

役人というのはそういうものだ。連中は連中にとって必要な事だけを喋る。

資本主義者ってのは何でもかんでも知りたがるそうだが、知ってどうしようってんだろうな。

俺にはさっぱりわからない。知ったところで、俺は国をどう動かせば良いかなんざ知らない。

そんな責任を取れる気だってしないんだ。できるやつに任せておきゃ良いだろうに。

俺にわかるのは、一つだけだ。

イエレナ・タチバナ財務人民委員会議員殿は、俺の好感度を下げたくないらしい。

少なくとも、俺には利用するだけの価値があると見てくれているわけだ。ありがたい事だね。

「なら、ちょうど良かった。実はちょっと、相談ごとがありましてね」

「構いませんよ」タチバナ女史はにっこりと微笑んだ。「困った時はお互い様です、同志」

「ええ、もちろん」

俺は防弾服のポケットから封筒を取り出し、ルーブル札を束《たば》で抜き取ってデスクに置いた。

「そう言えば、オフィス《コントーラ》の前に落ちてたんですがね。誰のかわかります？」

「あら、まあ」と長い睫毛《まつげ》が瞬いた。「ありがとうございます。預かっておきますね」

落とし主が現われるかもしれませんし。タチバナ女史はそう言って、札を引き出しにしまう。

「それで」と俺は彼女が元通り、椅子にちょこんと座り直すのを待って言った。

「アダム・アドロヴァ少佐についてなんだがね」

「ああ、渦中の彼……」

タチバナ女史の反応は曖昧で、けれどそれだけに顕著だった。

彼女が漏らしたのは苦笑とも失笑ともつかぬ笑みで、椅子にくつろぐ様は実に優雅だ。

背もたれに上体を預け、すらりと伸びた脚を組む。スーツは良いな。スターシャにも頼もう。

「あんたに迷惑はかけんさ、同志」

「そう願いたいですね、同志」

反らしていた上半身が起こされて、タチバナ女史はデスクに肘を突いて手を組んだ。

役人の臨戦態勢。にこやかな微笑みは牙を剝く獣のそれに似ている。

我らが祖国の官僚体制というのは極めて優秀だ。誰がいつ消されても問題なく動く。その上で、生き延びてきた奴はどうかと言えば――決して侮れないのは言うまでもない。何しろ、だ。軍部とも情報部とも直接関係ない彼女は、すでに情報を掴んでいるわけだ。わざわざそれを俺にほのめかしてみせたのは、牽制《けんせい》か、威嚇《いかく》か。どだい、こうした連中にどう足掻《あが》いたところで、下水育ちの無法者《ウゴローニキ》じゃ敵《かな》わない。俺らにあるのは腕っぷしだけだ。学なんてない。あとは少しの強《したた》かさ。稼いだ金。それだけ。だから俺は慎重に言葉を選び、けれど小賢《こざか》しさを働かせず、欲しい物を述べることに努めた。店に入ってレジに並び、商品を伝える。伝票が打ち出されるのをじっと待つ。

「その程度の情報でしたら、構いませんよ」

――やったぜ。

俺は思わず声が上擦《うわず》りそうになるのを堪えて、用心しいしい礼を述べた。

「すまんな、助かる」

「ええ。随分と必死なご様子でしたから」

まったく、見透かされている。だがそれを否定するのは、負けを認める以上にみっともない。俺は無言で肩を竦め、タチバナ女史の教えてくれる情報を頭に叩き込むことに注力する。大事なのは時間と場所だ。

第一にそれがわからなけりゃあ、どうしようもない。

そしてそれがわかったなら、次に行ける。

「……すまんな、助かる」

「あら、もう行かれるのですか?」

「何しろ、必死なんでね」

俺は繰り返しタチバナ女史に礼を述べ、にやりと笑って暇を告げた。

そしてそれだけでは物足りないと思って、一言付け加える事にする。

「今後とも、どうぞご贔屓《ひいき》に」

「ええ。もし何かありましたら、次もお願いしますよ」

タチバナ女史の微笑に見送られて、俺は彼女のオフィスを後にした。

パタリと閉じた扉の向こうで、タチバナ女史は新しい仕事へ積極的に取り掛かるに違いない。

「……さて」

きっとタチバナ女史はそう言って、素早く卓上電話へと手を伸ばすんだろう。

「どうやら空軍高官の席が一つ空きそうですし、誰をねじ込みましょうかね?」

◆

「おや、同志ダニーラ・クラギンではありませんか」

聖ワルワラ寺院。俺は大昔の少女に敬意を払い、聖障《イコノスタス》の奥から現れた女へ頭を垂れた。

《尼僧《モナシナ》》はそんな俺の姿を見て、しゃなりしゃなりと歩きながら、薄く笑みを浮かべる。

ワルワラ嬢はこの肉感的な美女が僧衣をまとってる姿を見て、どう思っているんだろうな。

少なくとも救世主《イイスス》は何も言わず、聖障から俺と《尼僧》を見つめているわけだが。

「今日はどうなさいました？　また痛悔機密《イースパヴィチ》を受けに参られたのです？」

「ああ、そうだ」

言わずもがなだ。俺は即答した。

「俺がこれから何を使ってどんな罪深い行いをするのか、しっかりと聞いてもらわにゃならん」

「恐ろしいこと……」

《尼僧》は勿体《もったい》つけて、その肢体の柔らかさを強調するように身をしならせる。

だがそんなものに付き合ってやる義理もなければ、時間も無い。

俺はポケットから封筒を引っ張り出し、ルーブルを束で摑んで叩き――つけたりはしない。

丁重に、敬意を払って、俺はそれを《尼僧》へと差し出した。

「寄進だ。聞《き》き漏らされたら敵わんからな」

「おや、まあ」

ぱちくりと。《尼僧》はあどけない小娘みたいに目を瞬かせた。

俺がこんな大金を持ち出すとは、これっぽっちも思っていなかったような、そんな仕草。

といってもこの女がする仕草は一から十まであざとく、芝居がかっていて、大仰だ。

「主イイスス・ハリストス、神の子よ。汝《なんじ》が母と聖人との祈禱《きとう》に因《よ》りて、我等を憐み給《たま》え……」

そして彼女はその大仰さのまま、しかし驚くほどに真摯《しんし》な動きで、救世主への祈りを述べた。

「聞いてもらえるんだな？」

「ええ、もちろん」

用心深い俺の問いかけに、《尼僧》は生神女《マリヤ》さながらの慈悲深さで頷《うなず》いた。

首から下がった領帯《エピタラヒリ》が、その乳房で強調された稜線《りょうせん》を大きく揺らす。

「この寺院《フラーム》は人々の心の拠《よ》り所にして、火を扱う者への守りの場ですもの」

「よし《ハラショー》」

俺は一切《いっさい》の躊躇《ちゅうちょ》なく、一気に《尼僧》へと注文をまくし立てた。

ああ、まったく罪深い行いだとも。だが俺が俺のために考えて、俺のためにやる事だ。

救世主も生神女も、蕃花大致命女ワルワラも、見限るなら俺だけにして欲しいものだ。

非科学存在はいなくとも、この三人については、まあ、実在したんだろうからな。

「……些《いささ》か急ですから、私も奉神礼や機密《タインストヴァ》を執り行わねばなりません」

ひとしきり話を聞いた後、《尼僧》は少し思案げにしながらも「アミン」と呟いた。

「ですが、きっと神が貴方《あなた》を見守って下さるでしょう」

「俺が罪を犯すのには間に合うか？」

「主たるイイススの御業を疑ってはなりませんよ、ダニーラ・クラギン」

実在する大工の息子のやる仕事なら、信用するには十分だろう。なにせ労働者、人民だ。

「ありがたいね、同志《スパシーバ》」

俺は聖障に描かれた男ににやりと笑いかけると、ゆっくりと立ち上がった。

石造りの伽藍堂《がらんどう》に跪《ひざまず》くのは、寒さが堪える。用が済んだ以上、長居は無用だ。余裕も無い。

——いや、本当に用は全部済んだのか？

立ち上がった俺は、相変わらず此方《こちら》を見つめてくる男と目線を交わした。

そして溜息《ためいき》を吐いて、《尼僧》へとその視線を移す。

「……ついでで良いんだ」

こんな事を言えた義理じゃあない。情けなくて、恥ずかしいという思いが、強かった。

「俺の、家族の幸運も祈っておいてくれないか？」

「では、あなたの分も祈らないといけませんね」

だっていうのに、《尼僧》は本物の司祭じみた調子で、間髪入れずに応じるのだ。

俺はチッと舌《ティフ》を鋭く打った。《尼僧》がそれを見て、口元を手で覆ってくすくすと笑う。

「ええ、ええ。これくらいは、敬虔《けいけん》な信徒への奉仕というものです。お気になさらず」

これ以上この女と話す気は無い。今度こそ用はすべて終わったのだ。

俺はさっさと踵《きびす》を返すと、まっすぐに伽藍堂の外を目指して歩き出す。

讃美たる生神女《マリヤ》よ。《尼僧》がそう言って、粛々と祈禱文を唱えるのが聞こえた。

「我らの為に憐の門を開き、汝を恃《たの》む者に亡ぶる事なく汝に依りて禍を脱がるるを得しめ給え」

――汝はハリストスの民の救いなればなり。

そして扉を閉める俺の背中に「かくあれかし《アミン》！」の祈りが投げつけられた。

◆

俺は静かにその酒場《ピヴナヤ》の扉を開けた。

開店直後の寂《さび》れた小さな店。店内は薄汚れていて、あるのはカウンターと、奥の立ち飲み卓。

客と言えばその卓についた赤毛《レッド》の案内人《ストーカー》と、学者と、作家先生くらいのものだ。

大方、これから軍の禁止区域にでも忍び込むんだろう。俺は肩を竦め、カウンターにつく。

ウォトカを一杯頼み、俺はカウンターにもたれるようにして、じりじりとその時を待った。

窓の外からは路面電車の立てるがたごとという鈍い音が近づいて、また遠ざかっていく。

学者も作家も何やらぺちゃくちゃと喋《しゃべ》っていたが、みな他人の話を聞いてなどいないようだ。

彼らが雇ったであろう案内人も同様で、客の事情になど興味ないらしい。

俺だって同じだ。

他人の商売だ。失敗しても俺は得しないのだから、せいぜい上手《うま》く行けば良いと思う。

そして上手くいったなら、その幸運をすこしばかり俺にわけてくれりゃあ尚良い。

ほどなくして三人組は席を立ち、のろのろと店の外へと出ていった。

五八年型のランドローバーが、ぷすぷすと音を立てて走り去っていくのが耳に届く。

それから、さらにしばらく経って。

「待たせたかね、同志」

「いいや、そうでもないさ、同志」

俺はようやくやってきた若頭《ブリガディア》コロプチェンコに、そう言ってウォトカのショットグラス《ストープカ》を掲げた。

「あんたもどうだ？」

「よしておこう」とコロプチェンコは大真面目《まじめ》な口調で言った。「健康に気を使っているんだ」

「そうかい」

俺はグラスの中身を一息に開けると、そいつをがつりとカウンターに打ち付けた。

すぐに店員が次のウォトカを持ってきてくれる。景気づけには、多少の酒は必要だ。

健康を考えている辺り、このマフィア《ブラトノイ》は内臓は手を入れてないらしい。

ちょっと親近感を覚える。ほんのちょっぴりだけれど。

「それで、ダーニャ」とコロプチェンコは、親しげに言った。「何か頼みがあるんだって？」

マフィアは誰にだって優しいものだ。

少なくとも使いっぱしり《シェルチョルカ》以上で、ちょっとは知恵のある兵隊《パトサン》なら、そうだ。

誰彼《だれかれ》かまわず牙を剝いて唸るようじゃあ、獲物だって怖がって近づかないからな。

「報酬も出すし、あんたに迷惑をかける気はない。危険も無いはずだ」

だから俺はさっさと餌をちらつかせることにした。乗っかってくれなきゃあ困るからな。

「ふむ」

コロプチェンコはそう言って、意味ありげに腕を組んで考え込んでみせた。

まだ焦っちゃーいけない。こいつは川面の浮きがちょいと揺れた程度だ。

もっとも、俺は釣りなんてやった事はないんだが。

「まあ、君には一度ならず助けてもらった間柄だ。聞くだけは聞こうじゃあないか」

釣れた、という奴だ。もっとも引っかかったのは俺かもしれないが。どっちだって構わない。

俺はポケットの封筒から、ルーブル札の束を抜き取って、カウンターの上に置いた。

「頼みたい事ってのはな――……」

俺は自分の立てた計画から、必要十分な部分について、ざっとコロプチェンコに説明した。

こういう時、無駄に隠したがる奴がいるが、馬鹿げてるといやあ馬鹿げている。

どっかしら情報が漏れる事を心配してるんだろうが、それで逆に疑われちゃあ意味がない。

鴉《ヴォロン》は鴉《ヴォロヌ》の目《グラス》を突っつかない《ニェ ヴィクリェイエット》もんだ。

突っつかれたくないなら、同じ鴉だって事はしっかり伝えた方が良いに決まっている。

「そんな程度の事か。構わんよ、同志。引き受けた」

それみた事か。コロプチェンコの言葉に、俺はちょいと片方の眉《まゆ》を上げて見せた。

「良いのか？　頼んだ俺が聞くこっちゃないが、厄介事ではあるだろ」

「ああ。若い兵隊どもに練習させておきたかったから、調度良い」

「そりゃあ良かった」

俺はストッカの中身をぐいと呷ると、コペイカをカウンターに叩きつけた。

「まあ《掃除屋》にはまた今度、無茶を聞いてもらわねばならんかもしれんしな」

「チェッ《ティフ》。しっかりしてやがる」

俺たちはそう言って笑いあった。虚《うつ》ろで、大して中身のある笑い方じゃあなかったが。

「ではな、同志。また会おう」

「ああ。また会おうぜ、同志」

俺はコロプチェンコと握手をして別れ、酒場《ピヴナヤ》を後にした。

別に、信頼してるわけでも信用しているわけでもない、
ただ単に同じ餌場を突いているだけの間柄で、けれどそれで十分なのだった。

◆

ガレージ・バレーの闇《やみ》医者に一番似つかわしくない匂《にお》いは、紅茶の香りって奴だろう。

扉を開けた途端、血とアルコールに混じって鼻に届いたそれに、俺は思わず足を止めたんだ。

「……お茶の時間か？」

「ああ。ちょっと一息入れようと思ってね」

答えたのは手術衣を血と機械油と髄液で赤黒く汚し、長椅子《ながいす》に寝転がった《お医者》だった。

床の上には屑鉄同然にねじ曲がった義手だか義足だかが数本、無造作に転がされている。

察するに結構な解体処理、もとい手術だったんだろう。

俺はその残骸を避けるように足を進めて、《お医者》の対面へと腰をおろした。

「死んだ？」

「いや、生きてるよ」

「ふぅん」

そいつは結構な事だ。俺は素直にそう思う。

死人が出るより、生きている方がよっぽど良い。人助けってのは、立派な仕事だ。

《掃除屋》とは比べ物にならないだろう。

「そういうわけでくたびれててね。診察ならするけど、急患じゃないなら三十分待ってくれ」

「急患かもしれんが、今日じゃあないな」

俺がにやっと笑ってそう言うと、「へえ？」と《お医者》は気の無い声を上げる。

彼はひどく億劫《おっくう》そうに上半身を起こすと、まだ被《かぶ》ったままの帽子とマスクを引っ剝がした。

「急患の予約ってわけだ。なかなか聞かない話だね」

「そこまで大した話じゃあない。一日だけ、ベッドを一つ空けといてくれって事さ」

「他に死にかけた奴がいても、か？」

「その時はまあ、こっちが床で寝りゃあ済むだけだな」

《お医者》の顔と言ったら、代用珈琲を一息に飲んだよりも酷《ひど》いものだった。

怒りというよりは呆《あき》れ——いや、怒りもあるか。《お医者》にとっちゃ愉快な話じゃあない。

不愉快だと思ってもらえるうちが花だぞ。ダニーラ・クラギン。

だが、それでも俺は《お医者》を頼るほか無い。

国内旅券《パースポルト》の無い存在しない人間は、病院にとってだって同じことだ。

俺が治療を受けられる場所——信頼してって枕 詞《まくらことば》をつけて——は、そう多くないんだ。

「……君の仕事は知っているから、とやかくは言わないけどね」

ややあって。

《お医者》は深々と溜息を吐き、その疲れ切った顔と頭を乱暴に撫でて、もう一つ息を吐いた。

「ノーラにはちゃんと言ってあるんだろうね？」

今度は俺が顔をしかめて、チッと舌《ティフ》を鳴らす番だった。

俺はポケットから封筒を取り出し、だいぶ薄くなったなかから束で札びらを摑み取る。

「こいつは予約代と、迷惑料と、口止め料込みだぜ、先生」

「口止め料の分はいらないよ。医者には守秘義務ってものがあるんだ」

「じゃあ手間賃にその分上乗せしてくれ」

俺は立ち上がると、《お医者》の手術衣のポケットに札束《さつたば》をねじ込んだ。

「まったく、君は大した義兄だよ、ダニーラ・クラギン」

「将来の、だろ」

立ち去り際、俺は背中に投げかけられた言葉にニヤッと笑った。

そして台所にも聞こえるようにそう言って、ばたりと扉を閉じる。

その向こうで、《お医者》が誰と何を喋ってるかなんてのは——……。

「……まったく。掃除屋という職業は。いや、ダニーラ・クラギンなればこそ、かな？」

「ふんだ。ダーニャ兄、こういう時は頼ってくれないんだもん。一人でできるんじゃないの？」

「拗ねるなよ、ノーラ。足音を聞いて隠れた君が悪い」

「……ふん、だ」

——さっさと立ち去った俺には、まったく関係のない事だ。

◆

そうして忙《せわ》しなくモスクワ中を走り回って、終わる頃にはもう夜だ。

モスクワの夜は、冷える。

鈍い灰色の空はどす黒く濁り、降り落ちる雪は尚も勢いを増すように思える。

道端に立ち止まって見れば、並木の葉っぱが街路樹の灯《あか》りを受けて仄《ほの》かに白く滲《にじ》んでいた。

口からは刺々《とげとげ》しいほどに凍えた息。

こんな夜は、さっさと帰ってウォトカでも飲んで寝るに限る。

時間はそう残っちゃいないんだ。休むための時間だって、貴重に使うべきに決まっている。

だっていうのに――どうしてだろうな。

俺の足はモスクワ川のほとりに聳える、白い塔に向かっていた。

電飾された看板に踊る、モスクワ五輪への戦意高揚《プロパガンダ》と、モスクワ一の美女の微笑み。

こういうのを見ると、本当に勇気が湧《わ》いてくるもんなんだろうか？

俺にはわからない。少なくとも、今の俺には絵よりも生の微笑みの方が必要だった。

――意気地のない事だ。

俺は何処の誰が描いたのかも知らない壮麗な天井《てんじょう》画に見下されながら、ロビーに入る。

そして格子戸の昇降機に乗り込むと、硬貨《コペイカ》を放り込んで上昇に身を任せた。

こういう時、機械ってのは本当にありがたい。

階段を登らなきゃならなかったら、きっと俺は途中で立ち止まっちまってたに違いない。

機械はそういうことが無い。言われた通り、ただただ真面目にコツコツ働くだけだ。

世の中にも、昇降機みたいな優しさってのは必要なんだ。

俺は目的の階層まで送り届けてくれた昇降機から降りて、機械仕掛けを意識して前に進む。

そこには扉があって、ベルがある。いつだって、最後は人がやらなきゃならない。

俺は立ち止まり、息を吸って、吐いて、それからようやっとベルを押した。

寝ているだろうか。起きているか。練習中かな。本番前なら、悪いな。あるいは本番中か。

ジリジリとベルが鳴ってからそんな事を考える。どうしようもない間抜け《カプースタ》だ、俺は。

「はぁい？　――あら」

スターシャに会わせる顔が、なかった。

所在なく佇《たたず》む俺を、扉を開けて現れたスターシャはどう見ただろうか。

「ダーニャ！」と笑顔で俺の名を呼んでくれなきゃあ、俺は「やあ」とさえ言えないってのに。

「珍しいですね、こんなすぐにまた会いに来てくれるなんて。お仕事、もう終わったんです？」

彼女は花の蕾《つぼみ》が綻《ほころ》ぶみたいに笑みを浮かべて、そんな風に声をかけてくれるんだ。

ふ、と。俺の肩から力が抜けるのがわかった。

俺は扉の横にもたれた。部屋の中を見ようとは思わなかった。誰がいようと、構うものか。

「いや、サボタージュ中さ。同志マリーヤには黙っておいてくれよ？」

「まったくもう《ブリン》……困った人ね《ティ ムニェ パコヤ ニェ ダヨシ》、ダーニャ」

俺はわかってるよ、と答えた。スターシャにそう言われて、喜ばない奴はいない。

「どうします、それで」

「うん？」

「足の具合がもう良いなら、その――……」

俺が次の言葉を舌に乗せるまでに、どれだけ理性を総動員したか、わかってもらえるか？

「言ったろ、サボタージュだって」

スターシャの濡《ぬ》れた瞳を前にしてこう言えたのなら、なかなかの根性だ。

たぶん――大丈夫だろう。ＧＲＵだの、ＭＩ６だのを、相手にしたって。

「グズグズしてると、マリーヤにバレる。顔見たから、もう行くさ」

「せめて一言先に連絡をくれれば、もっと色々、支度《したく》もしておいたのに」

スターシャはそう言って唇を尖らせる。

悪いなと、俺は呟いた。そうなったら、多分気持ちは萎《な》えてただろう。

――悪いな、イワン。あんたには災難以外の何物でもなかったな。

けど、あんたが帰ってきたところを狙わなくて、良かったよ。

「邪魔したな、もう行くよ」

俺は手袋越しにスターシャの銀の髪を梳《す》くと、根性があるうちに背を向ける。と――……。

「ダーニャ？」

「うん？」

袖口《そでぐち》を摑まれて、振り返る。するりと首に手を回されて、間近に彼女の瞳があった。

「ん……っ」

唇に甘い、濡れた感触。舌先が啄《ついば》むように触れ合って、つ、と糸を引いて離れる。

「……は、ぁ……っ」

スターシャの口から、吐息が漏れた。薔薇《ばら》色に燃えた頰に、笑みが浮かぶ。

「……また来てくださいね。ボルシチとか、用意して待っていますから」

まったく、男ってのは、こうなるともうどうしたって敵《かな》わないものだ。

俺はどうにか「ああ」と頷いて、言った。

「その時は、温かいのを頼むよ」

◆

『……やれやれ。ダニーラ・クラギン。罪なやつだよ、本当に』

スターシャは電話の向こうで、老婆が漏らした溜息を聞いた。

家族を除いて、この世で一番信頼できる人。家族には言えない事を、話せる人。

スターシャは彼女の答えこそが、唯一無二の正解であると信じて、ただ黙って待った。

老婆──マダム・ピスクンはその気配を感じ取ったらしく、「良いかい」と穏やかに言った。

『追いかけるのも、待つのも良い。どっちが正解でもないが、重石《おもし》になっちゃあいけないよ』

受話器から伸びたコードに指を絡《から》ませて弄《もてあそ》ぶ。老婆が、電話越しに微笑むのがわかった。

『ただでさえ男は馬鹿なんだ。馬鹿に馬鹿な事考えさせず、あんた馬鹿ねって笑ってやんな』

「……はい《ダー》」

その後、二、三のやり取りを経て──スターシャは、そっと受話器を置いた。

くるりと振り返って部屋を見回す。つい先程まで、彼が立っていた戸口へと目を向ける。

此処《ここ》にあるのは豪華な家具。ベッド。そしてずっと前から変わらない、小さなサモワール。

「──馬鹿《ドゥラーク》ね……ダーニャ」

◆

その日、アダム・アドロヴァ少佐はＶＡＺ‐Ｘリムジンのシートを、指で叩いて言った。

「頼むよ、運転手くん。今日は子どもたちに、宇宙についての話をする大事な日なんだ」

「は、はい……っ」

前の運転席でハンドルを握る部下は緊張した声を上げる。

無理も無い話だ。なにしろ、定刻に間に合わせるのが彼の仕事で、今は遅れているのだから。

我らが祖国には渋滞などという悪習は存在しえない。

だがしかし、今日の平和大通り《プロスペクト・ミーラ》は——極めて例外的に、混雑していた。

宇宙征服碑《ポコリテリャム・コスモサ》は見えているのに、その直下の宇宙飛行士記念博物館までは果てしなく遠い。

目的地に到着するまでどれだけの時間がかかる事やら。こうなっては外を眺めるしか無い。

ずらりと並ぶ車が道路を埋め尽くし、クラクションを鳴らし、じりじりと停滞するこの光景。

「モスクワではなかなか見れないものだ。貴重な体験だね、お嬢さん《ガスパジャー》」

だが、不満はない。なにせ隣には美女がいる。それだけで、アダム少佐は満足な性質だった。

「お生憎と、ロンドンでは日常茶飯事ですわよ」

そう答えたのは、彼の隣——可能な限り間を開けた——に座る、瀟洒《しょうしゃ》なドレスの令嬢だった。

黒を基調とした華美なその礼服は、はっきり言って、ソビエト連邦に似つかわしくない。

だが青さが透けて見えるほどに白い肌と合わせて、陶磁の人形のような美貌がそこにある。

このような娘と同じ車中にあれば、アダム少佐の機嫌が良いのも当然の事だ。

もちろん、それは決して彼女の気分を保証するものではなかったけれど。

「それで、この時期にわざわざ講演をなさるそうだけれど?」

「隠蔽《カバー》さ」

アダム少佐は、刺々しい声にも、まったく悪びれる事なく応じた。

「普段通りの生活をしていたほうが、かえって怪しまれない。だろう？」

「既に怪しまれている諜報員《スパイ》がやっても意味はないでしょうに」

令嬢は呆れを隠さずに、つんけんと尖った声を漏らした。

「その後はどうなさるおつもり？」

「それはこっちが聞きたいね。《水族館《アクヴァリウム》》に《機関《オルガン》》が動いてるんだ」

「ヤンキーを頼っては如何《いかが》？　アレクサンドル・モギルニーのように、豪邸に住みたいなら」

「手厳しいね」

アダム少佐はそう、言葉とは裏腹に楽しげな声を漏らして肩を竦めてみせた。

百八十年前のアイスホッケーの名選手に対し、自分だって遜色ないと確信している態度で。

「ま、亡命という点は同意だね。鉄のカーテンを越えて、パリ、ドーバー、ロンドンに向かう」

「それ以前に、生きてモスクワを出れるかを心配なさるべきでしょうに」

「防弾仕様さ。そう心配する事もない」

アダム少佐はそう言って、ゆったりとリムジンの上等な革張りのシートに手足を伸ばした。

シートを撫でる手付きは女性の肌を撫でるように繊細で、いやらしいものにさえ見えてくる。

きっと女を寝台に招き入れたときも、こんな堂々たる態度を崩さないのだろう。

それがどうにも、黒衣の令嬢にとっては気に入らないらしかったが。

「……出国許可は出ませんわよ」

「だろうね」

「こうなる前にスイスにでも逃げ込めばよろしかったのに」

「なに、いざとなったら機体で国境線を突破するさ」

アダム少佐は平然とそう言って、快活な笑い声をあげた。

運転手は可哀想《かわいそう》にびくびくと怯《おび》えた様子だが、それもまたアダム少佐にとっては愉快らしい。

黒衣の令嬢は、とうとう呆れからの溜息を、隠すこともせずはしたなく零《こぼ》した。

「あなた、いつもそんな振る舞いですの？」

「女性の前ではね」

その物憂げな溜息を、アダム少佐は片目を瞑《つむ》って受け流してしまう。

「空軍の部隊にも一人いる。他にも、愛すべき女性が一人。ホテル・ウクライナの歌姫さ」

「……まさかその女性も連れ出したいなんて仰《おっしゃ》るのじゃないでしょうね」

「もちろん、そのつもりさ」

黒衣の令嬢は重たく口を閉ざした。呆れて、言葉を失ったのだ。あるいは感動かもしれない。

アダム少佐はどちらにせよ都合よく解釈する事にしている。

いつだって、女性というのは最終的にそうなるものだからだ。

「彼女の芝居を見たかい？　ウェスト・エンドでシェイクスピアをやったって見劣りしないぜ」

氷のような澄まし顔だが、この話を聞けばきっと見る間に溶け出すに違いない――……。

令嬢はそんなアダム少佐の惚気話《のろけ》を、もう聞く気はないらしかった。

「人事査定、素行の項目については意見具申が必要かしら？」

「お陰で、私はそっちの課《セクション》への転属希望が却下されてるんだ。改善は大歓迎さ」

「なら、査定は問題なく行われているという証明ね」

令嬢は洗練された動きでリムジンの扉を開け、凍えた街路へ黒い長靴の爪先を触れさせた。

モスクワの冷え切った風が、その美しい髪をなびかせ、甘い香りを車内へと運んでいく。

「まあ、結果さえ出して頂いている以上、わたくしとしてはとやかく言いませんけれども」

「なあ、〇〇六号さん」

ぴたりと、彼女の動きが止まった。

「君が元海兵隊コマンドーだっていう噂《うわさ》は本当かい？」

「ノーコメント」

「じゃあ、名前を教えてくれよ。メアリー・グッドゲイト少尉？」

「名前？」〇〇六と呼ばれた女は、鮫のように微笑んだ。「それならきっと、ヴェスパーね」

そして〇〇六号はアダム少佐を振り返る。「気取るのも宜《よろ》しいですけれど」唇が、囁《ささや》いた。

「あの男だとて、死んだ回数は二度程度じゃありませんのよ」

そして〇〇六号は、お転婆《てんば》な令嬢がそうするような軽快さで車から駆け下りた。

「せいぜいお気をつけ遊ばせ」

彼女の黒いドレスは場違いなはずなのに、あっというまにモスクワの雑踏に溶けて、消える。

アダム少佐は幻でも見たかのようにその行方《ゆくえ》を目で追って、諦《あきら》めたように呟いた。

「ま、良いさ」

もはや彼の頭の中にあるのは、シートに僅《わず》かな温《ぬく》もりさえ残さなかった、彼女の事ではない。

今晩もホテルの最上階で彼の事を待っているだろう、モスクワ一の美女の事だけだった。

子どもたちを相手に一席ぶちあげて、ホテルへ向かい、彼女に愛を囁く。

そして共に手を取って西側へ行こうと、そう告げるのだ。

その時、あの氷のような女性がどのような顔を見せるのか——……。

それを想像するだけで、アダム少佐の男は熱り立つのである。

だがいずれにせよ、そのためにはこれから博物館に向かって、仕事を済ませねばなるまい。

「だっていうのに——なんだってこんなに道が混んでるんだね？」

アダム少佐の耳に銃声が届いたのは、まさにその直後の事であった。

◆

「くたばれ畜生《サバーカ》!!」

「ウラーッ!!」

アディダスを着た若い連中が、カラシニコフを片手に怒鳴りながら道路に突っ込んでくる。思い思いの個性的を目指して没個性になった彼らは、喚《わめ》き散らして銃をぶっ放すのだ。善良な人民の方々にとっちゃたまったもんじゃないだろうが、俺としちゃあありがたい限り。こうでもしなけりゃ我らが祖国で渋滞なんてものは、そうそうお目にかかれないんだ。マリーヤに交通管制局《TSODD》へ仕掛けるよう頼むのでなけりゃあ、だが。

「しっかし、演習なんだか本気の抗争なんだか知らんが――……」

若頭《ブリガディア》も派手にやるもんだ。後始末はどうする気なのやら。

いずれにせよ俺には関係の無い話だ。金は払った。それ以上は知らない。

俺は路地裏からVAZ-X、宇宙時代の洗練されたデザインをしたリムジンを睨みつける。

ああも特徴的な車だと、探す手間が省けて良い。

日時と場所はわかったって、それだけでどうにかなる、子供の使いみたいな仕事じゃあない。

アダム少佐が目立たない地味な車が趣味だったなら、どうすりゃ良かったやら。

それに、そう。渋滞の中でリムジンの扉が開いた時は、さすがの俺も大いに泡食ったものだ。

そして中から現れたのが黒いドレスのお嬢さんだった時は、二重の意味で安堵《あんど》した。

マリーヤやノーラともそう歳《とし》は変わらない。ああいうドレス、買ってやりたいとは、思うが。

彼女は長靴の踵《かかと》をこつこつと可愛《かわい》らしく鳴らして、路地の俺に一瞥《いちべつ》もくれずに去っていく。

ふわりと髪から香るのは香水だろう。人形みたいな娘さん。危ないからさっさとお逃げ、だ。

――巻き添えにする気はねえもんよ。

なら運転手はどうなんだって？　そりゃあまあ、運がなかったと思ってもらおう。

俺の気分を決めるのは俺だ。だいたいこの稼業をやってる時点で、底辺なのは揺らがない。

「ダヴァイ、ダヴァイ、ダヴァァァァイッ!!」

「このクソ野郎《マッツヴァシュー》が!!」

怒鳴り合いながら打ち合うアディダスにナイキの無法者《ウゴローニキ》を、ぼんやり眺める。

楽しそうで何よりだ。ああいう生き方は気楽なんだろうか。それとも、大変なのか。

銃を振り回して怒鳴り散らしてぶっ放して、って意味じゃ、俺とそうやる事は変わらない。

連中は成功すればマフィア《ブラトノイ》の中で上の方に行けるんだろうか。

若頭《ブリガディア》や顧問《ツースパイズ》、組長《パカーン》に褒めてもらえるんだろうか。

俺にはさっぱりわからない。たぶん一生わからないままだろう。

――知った《フリェーン》こと《ズナーイェット》か、だ。

さて、そろそろ頃合《ころあい》いだろうと、俺は傍らのブリキのバケツの中に手を突っ込んだ。

凍ったゴミの中から目当ての長物を見つけ出すと、それを引っ張り出して肩に担ぐ。

ちらりと後方確認。壁もなけりゃあ人もいない。なら問題はねえな。

照準器を覗き込むと、俺の得物と射線を見て取った運転手が転げるように車から飛び出す。

賢い奴だ。なにしろこいつは我が祖国最大の発明品の一つなんだ。

そして今は亡きツィオルコフスキー氏の研究結果、その末裔《まつえい》に他ならない。

名前はルチノーイ・プラチヴァターンカヴィイ・グラナタミョート。

「よく見ろよ、坊や！」

俺は一声叫んで、ＲＰＧ《ヽヽヽ》をぶっ放した。

爆音と共に秒速百十五メートルですっ飛んでく擲弾《てきだん》は、瞬き一つでリムジンにぶち当たる。

だが俺はそいつを目にする事はできない。視界は噴射煙で真っ白に覆われるからだ。

擲弾はリムジンの装甲を突き抜けてエンジンにぶっ刺さり、橙色の爆炎と共に抜ける。

映画みたいに吹き飛んだり、宙をくるくる回ったりはしない。

その場でドカンだ。

後には車の形をした、大掛かりな焚《た》き火が出来上がるだけ。

「なんだァ⁉」

「狂《スマー》ってやがる《サショール》！　冗談じゃねえ！」

「ったく、巻き込まれるのはゴメンだぞ‼」

俺は大騒動を起こして車から飛び出し、逃げ始めた群衆を眺めながら、息を吐く。

そしてもう役目を終えた発射装置を、躊躇なくゴミバケツへと放り捨てた。

結構な値段《プラシャーイ》がしたもんだし、再利用もできるが、だからってこいつを抱えて走る気はない。

「あばよ、アダム少佐《マヨール》」

あんたの予定を仕入れて、ＲＰＧ仕入れて、マフィアに騒動を依頼して、渋滞を起こした。

大金突っ込んだだけあってＭＩ６の影は見えねえが、影が見えたらその時は終わりだ。

ま、ＭＩ６だけなら勝ち目はあるが――……。

まったく、ひっでぇセリフだ。ＭＩ６だけなら勝ち目があるだって？

「俺はイリヤー・ムーロメッツ大尉じゃあないんだぞ……！」

罵りながら、俺はゴミ箱に隠しておいたペペシャを引っ張り出して、道路へ飛び込んだ。

まだまだ俺の仕事は終わっちゃいない。次は資料をどうにかしなけりゃならんのだ。

俺は逃げ惑うんだか火事場泥棒なんだか、大騒ぎする群衆を掻き分けて、走る。

心臓が破裂しようが構うものか。機械化《キボルグ》していなかった事を、少し後悔した。

死んだって俺は走らなきゃならない。――スターシャの命がかかっているんだ。

なに、金はもらってるんだ。その分の仕事はしなけりゃならんよ、ダニーラ・クラギン。

と、ひた走る俺の横を、一台のＧ　Ａ　Ｚ《ゴーリキー自動車工場》トラックがすっ飛ばしていった。

思わず俺は貴重な一瞬を使って、そいつを見送っちまった。

「――チッ《ティフ》」

雪目防止の色眼鏡《いろめがね》をかけた運転手にも、荷台からこっちに手を振る短い黒髪の娘にも。

きっと、どうしてだか見覚えがあったせいだろう。

◆

アルバートってのが何処の誰なのかは、モスクワ市民の誰一人知る奴はいない。

だがアルバート通りがモスクワで一番歴史のある通りだってのは、誰でも知ってるもんだ。

ナポレオンによって焼かれて以降の古い建物と、我らが祖国の建てた新築住居のまだら模様。

おまけに慈悲深くも歩行者の通行が保護されているから、車の類は一切入ってこれない。

こういう時、これほどありがたい事はないね。共産党万歳だ。

目指す住所は頭に叩き込んである。軍人向けの高級住宅。最上階のペントハウス。

「止まれ《ストーイ》！　身分証を見せろ……！」

「こういうもんだよ！」

俺は入り口の警備員――軍人に警備が必要か？　ふむ――をペペシャの銃床で殴り倒した。

生憎と国内旅券《パースポルト》は無いんだ。こいつで勘弁して欲しい。

昇降機を覗き込む。有料で小綺麗。俺は硬貨《コペイカ》を放り込み、ボタンを押した。

もちろん、全部の階層だ。

そしてさっさと階段に向かって、息を切らせながらそこを駆け上がっていく。

軍人ってのは階段も綺麗《きれい》に使うのか、それとも無精して昇降機を使ってばっかなのか。

たぶん後者だ。なにせ上まで行くのに誰ともすれ違わなかったんだから。

俺は最上階を飛び越えて屋上まで行くと、呼吸も整えずに鉄扉を押し開ける。

――空だ。

灰色の、雪がちらつく、刺々しいほどに凍える空。地べたから見るよりも、遥かに近い。目出し帽を被っていても息が漏れて、白む。心臓が破裂しそうだが、俺は走った。

ペントハウス。ドアプレートを見る。アドロヴァ。別人の家に盗みに入る事はなさそうだ。屋上に家を建てる意味は、少しわかる。気分は良いだろう。間違いなく。

だが我らが祖国において、ペントハウスに住んでいようが鍵《かぎ》の種類は変わらない。

俺はポケットから引っ張り出した鍵を二、三本試して当たりを引いて、自宅に踏み込む。

「しっかし、これは――……」

そう部屋数は多くないとは言え、これじゃ士官の家じゃなくて将軍の家だ。

トルコ式の豪奢《ごうしゃ》な絨毯《じゅうたん》。黒檀の家具。酒に、そう、洋の東西を問わぬ音楽のレコード。もちろん肋骨レコードや地下出版じゃあない。密輸したのか、没収したのか、だ。

ジャズって女のレコードもあった。ＪＡＺＺって書いてあるんだから間違いない。

俺は棚から出てきたそれに、鼻を鳴らす。何枚か持って帰ってやろうか。

アダム少佐、死人の趣味をとやかく言う気はないが、趣味が悪いという感じだった。

どれもこれも高級品で金がかかってる事はひと目でわかるが、けどそれだけだ。

スターシャとはまるっきり違う。ただただ、高級で、派手なら良いって塩梅《あんばい》の部屋だった。

いや、だからって俺の趣味が良いわけではない。

俺だって、金さえあればこういう風に部屋を仕立てちまうのかもしれない。

「ま、MI6の影はなし、だ」

俺の趣味については生き延びたら考えよう。先手を取れたなら何よりだ。

ざっと部屋を見回した後、俺はまず靴箱から取り掛かった。

顔が映りそうなほど磨き込まれた黒革の靴の踵を、片っ端から銃床で叩いて割る。

ひとしきりそれを終えてから居間に踏み込み、時計をぶち壊す、それからラジカセ《ブームボックス》も。

ラジオがラジオ《無線》ってのは笑えんジョークだ。

俺が手に入れられるよりも上等な、蓄音機もだ。持って帰りたかったがかさばるからな。

舶来物の革製ソファも、ナイフを抜いて引き裂いて中身を確かめてやる。

そして本棚。レコードを片っ端から紙ケースから出して放り捨て、外国書を投げ捨てる。

本棚には、つんと澄ました顔をしたモスクワ一の美女が微笑む写真立てもあった。

俺はそれを取り上げると、中の写真を抜いて、写真立てを床に叩きつけてぶち壊す。

マイクロフィルムってやつは、どんなとこにだって仕込めるんだから面倒くさい。

「クソ、スパイってやつぁ……！」

俺はコードで繋《つな》がったまま床に転げた時計、そのニクシー管を苛立たしげに睨んだ。

時間はない。単に一瞬俺が先手を取っただけかもしれんのだ。あるいは、もう後手なのか。

とっくにスパイどもはこの家を漁って目当てのブツを持ち出しているんじゃあないか？

それを考えると、心底ゾッとする。こうしてる一秒ずつ、終わりが近づいてくる感覚。

俺はこんなところで何をやってるんだ？

わざわざ連中に付き合ってやる必要なんかない。逃げりゃあ良い。いや、逃げるべきだ。

死にたくないならそうするべきだ。悩むこっちゃあない。だっていうのに――……。

「……」

俺は深く息を吸って、吐いた。

そして、俺はこんなところで何をやっているんだ、と考えた。

家探ししてるって事自体がそもそもおかしいんだ。

俺はトカレフを何処に隠してた？　わざわざ家の中に持ち込みゃしなかったじゃないか。

マンホールの穴蔵で育った孤児《シロト》ができる事を、アダム少佐はできないとでも？

「……ふむ」

手にしていたレコードを放り捨てると、俺はまっすぐに玄関まで向かった。

つい先程俺が開けたばかりの、小綺麗な扉。プレート。アドロヴァ。

俺はそこめがけ、躊躇なく銃床を叩きつけた。

鈍い破砕音と共に、ドアプレートが無惨にひしゃげて弾け飛ぶ。

俺はそいつを拾い上げて、満足して頷いた。裏面に貼《は》られた、黒いマイクロフィルム。

これで終いだ。こいつを《機関《オルガン》》に届けりゃ、後はどうとでもなる。

「……このまま何事もなけりゃ良いがな」

――もちろん、そうはいかなかった。

次の瞬間、俺は文字通りの意味で吹き飛んでいた。

叩きつけるような強風が吹いた途端、俺は壊れかけたドアごと室内に突っ込んでいた。

車に撥ねられたかと思った。ここはビルの屋上だぞ？　体が床に叩きつけられ、弾む。

「クソ《チョルト》がよ《バジミー》……!!」

全身がバラバラになったような痛み。だが動かなけりゃホントにバラバラにされっちまう。

俺は自分が荒らしまくった絨毯の上で手をつき、転げるようにして立ち上がる。

「動くな《ストーイ》」

「……ッ⁉」

その手の甲を、赤い光が音もなく貫いて焼いた。悲鳴を上げなかっただけでも上等だ。

俺は呻きながら反射的に飛び退いたが、声の主《あるじ》はそこを撃ったりはしなかった。

そいつ――その男は、焼け焦げた火薬と金属とガソリンの匂いを伴って、そこに立っていた。

かつては上等だった軍服は、ずたずたに引き裂かれ、焼《や》け焦げ、今や見る影もない。

クロームの瞳が俺を睨みつけ、タフな口元には酷薄な微笑を浮かべ、まるで処刑人のよう。

そして、その手に握られたのは、銀色に輝く光線銃《ラーゼルヌィ・ピストレット》。

科学冒険雑誌では、小さい頃から何度も見た。だが、実物を見たのは初めてだった。

「ジルコニウムと金属塩の化合物を電気発火させたものだ。宇宙飛行士の自衛用さ」

俺の視線に気づいた男は、まるで自慢の玩具を披露するガキのような口ぶりだった。

ペペシャとトカレフとは大違いだ。

「……良いね」俺は吐き捨てた。「いくらかかったんだ、それ」

「ざっと六百万といったところか」

「ドル？」

「ポンドさ」

男はそう言って、光線銃の銃身を前に折り、空の薬莢《やっきょう》を排出した。

そしてがちゃりと元に戻し、ボルトを引いて次弾を装填《そうてん》する。

だがもちろん、この場で一番やばいのは光線銃なんかじゃあない。

アダム・アドロヴァ空軍少佐。

溶けかけた人工皮膚の下に隠された鋼鉄の肉体を曝《さら》け出した、不死身の男がそこにいた。

俺は今まさに、こいつが持ち出そうとしていた機密の正体を悟った。ＭＩ６がいない理由も。

――こいつこそが、それだ。

◆

「煙草《マグ》、良《ヤ》い《ク》か《リ》ね《チ》？」

「どうぞ《ダー》」

アダム少佐は返事を聞いていない様子で、ポケットから銀色の煙草入れを取り出していた。

ソユーズの吸口を伊達《だて》っぽく潰して咥《くわ》えると、光線銃の銃口で火をつけ、旨そうに煙を吐く。

君もどうだ？　差し出された口付の紙巻き煙草を、俺は首を横に振って断った。

「健康に気を使ってるんだ」

「そうかね」

俺は呼吸を整えながら、どうにか姿勢を持ち直し、じっとアダム少佐の方を睨む。

撃たれるかと思ったんだが、アダム少佐はそんな事をする気はないらしかった。

彼は子供が悪戯した後の部屋を眺めるように、ぶらぶらと室内を歩き回っていた。

ちらかされた本棚の中身、叩き壊されたラジカセ《ブームボックス》を見て、彼はちょいと片眉を上げる。

――ああ、高かったのに。

そしてアダム少佐は壁際に寄ると、俺をちらりと見て言った。

「さて、何が目的だ？」

なんでこんな事をしたのかパーパに言ってご覧？

俺は少しだけ考えると、叱られたくないので素直に答えてやる事にした。

「生活費かな」

「くだらんな」

「そうかい？」俺は皮肉げに笑って、肩を竦めた。「俺はこれで精一杯なんだ」

「てっきり、家族でも人質にされているのかと思ったよ」

俺は押し黙った。

黙るという事自体が明確な答えを与えているようなものだが、口にするのも癪《しゃく》だ。

アダム少佐は、金属質であってさえ魅力的な頬に笑みを浮かべ、ゆったりと煙草をふかした。自分の家に招いた客人と、夕食後の会話を楽しむような風だ。そう間違っちゃいない。

「君が何者かという点については、だいたい想像できるよ」

「……どう見たって、正規の人員じゃないからな」

「《掃除屋》にしては、部屋の片付けが酷すぎるね」

そう言って愉快そうにする様は、どう見たって、正体のバレた間抜けなスパイには見えない。ウィスキーの瓶《びん》でも見つけたら、そのままこっちに一杯勧めてきそうなほどだった。

「とはいえ、君のやり口は想像以上に派手だった。正直、驚いたよ」

「そっちだって似たようなもんじゃあないか」

俺は用心しいしい、慎重に答えた。呼吸を整える。左手がずきずきと痛んだ。

どうすれば良いかを考える――いつも通りだ。俺にできる事は限られてるんだから。

「平和大通りからここまで超音速で走ってきたんだろう？」

「そりゃあそうさ。君に追いつかなきゃならなかったんだから」

課報戦《ちょうほうせん》ってのはね、ポーカーのように、情報漏洩《ろうえい》の匙《さじ》加減が鍵を握っているんだ。

アダム少佐はそう言って、まるで自分の考えた悪戯を種明かしするように、両腕を広げた。

いや、ように、ではないのか。実際、やつのいった言葉はその通りだったんだから。

「ＧＲＵとＫＧＢ、ＣＩＡの教義《ドクトリン》はおおよそ割れた。お陰でＭＩ６はもっと上手くやれる」

「……それを俺に話す理由は？」

「派手好きで間抜けで目立つ課報部員にだって、威力偵察任務を楽しむ権利はあるさ」

人生を生き抜くということは、平地を横切るのとわけが違う。

例えばこうして突然、目の前に完全機械化兵《サヴィルシェーンヌイ・キボルグ》が現われる事だってあるんだ。

俺はまだ自分が生きている事を確かめるように、床の上のレコードを踏んで足元を確かめた。

そもそも最初の一発で、俺は屑肉《ファーシュ》になっておっ死んでなきゃおかしいんだ。

だけど二発。俺は生きている。今もまだ。何故《なぜ》か。考えるまでもない。

――こいつを喋らせるべきだ。

音より速く動ける奴は、止まってなきゃノロマなやつと会話なんてできないんだから。

一秒後には殺せる。だから、少しくらい付き合ってやっても良い。そう思わせなきゃ死ぬ。

いっそこの男くらい傲慢《ごうまん》で大胆な方が、スパイってのには向いているのかもしれない。

俺はアダム少佐を、心底面白《おもしろ》がらせてやろうと思った。

「なあ、あんたの恋人か？」

「うん？」

俺は銃を抜くと思われないよう、ゆっくりとした動きでポケットを探った。

そして夜空の星のように冷たい表情をした、美女の写真を少佐の方へと投げて渡す。

「美人だな」

「ああ、モスクワ一の……私の最愛の人《リュビーマヤ》さ」

アダム少佐は受け取った写真の女性へ愛を囁くようにそう言って、胸ポケットへ納める。

俺は備え付けの暖炉にもたれる少佐と、慎重に距離を測りながら会話を続ける。

「気を悪くしないで欲しいんだが」

もちろん、言葉だって慎重に選ぶ。そう一言前置いて、俺は聞いた。

「てっきり、あんたはお客の類なんじゃないかと思ってたよ」

「失敬だな、君は」

どうやら俺の言葉を、アダム少佐はお気に召す冗句として受け取ったらしかった。

そんなつもりは、別に無かったんだが。

「金を払ったことはない。私と彼女の間にあるのは、そんなものより素晴らしい感情だ」

俺はアダム少佐の言葉を聞き流しながら、自分でずたずたに切り裂いたソファの傍に寄る。

光線銃の威力に対して、これは遮蔽物《しゃへいぶつ》になるんだろうか。そう期待したいところだが。

俺はちらりと時計を見た。ニクシー管が瞬いている。

「キスされたことは？」

「キスなら何度もしたさ」

「つまり」

俺は笑った。

「い、い、された事はないわけだ」

「――――――――」

アダム少佐の仮面が剝《は》げた。

少佐は無言で煙草を取ると、それを鋼鉄の手の甲に押し付けて火を消す。

余裕ぶった態度の下に隠された高慢さ、その鼻っ面に一発食らわせたらしい。

だがそれは同時に俺の死を意味する。

高速転位した機械化兵の動きも一撃も、到底俺の目に追えるものではない。

それより速い光線銃の閃光《せんこう》ならば尚の事だ。

「《吹雪《メチェーリ》》……！」

俺は愛すべき守護天使の名を叫びながら、ソファの裏へと飛び込んだ。

俺が屑肉《ファーシュ》になってない理由は、少佐が俺を殺す方法を考えたからだろうか。

それとも俺がぶちこんだＲＰＧのせいで、ちょいとばかし機体にガタが来ているのかも。

あるいは――……音を立てて吹き出した、天井のスプリンクラー《ラズブルィズキヴァテル》の影響か。

「貴様、死んだぞ!!」

火花を上げるアダム少佐の罵声。大雨の中で高速転位は鋼鉄の壁に突っ込むようなもんだ。

俺はずたずたにしたソファが減退した熱線で切り裂かれる一瞬を耐え、半身を突き出す。

「やってみろッ《ダヴァァァィ》!!」

ホースで水をぶち撒《ま》けるように短機関銃をぶっ放す。光線が水蒸気を上げ、空気を焦がした。

割れ砕けた窓からは凍える風と雪が吹き込み、降《ふ》り注《そそ》ぐ水飛沫《みずしぶき》が痛いほどに突き刺さる。

光線銃ってのは何発撃てるんだ？　数えても意味は無い。俺は超人兵士《ボガトリィ》じゃあないんだ。

「やつは豚《スヴィニヤ》さ」俺は乾いた口の中で呟いた。「怖くなんかない」

アダム少佐が光線銃の銃身を折る音が聞こえる。排莢。再装塡。

俺はすかさずペペシャを操作して、ずきずきと痛む左手でそれを掴み取った。

「お大《ブッチェ》事に《ズダローヴィ》!!」

金属の塊をソファから部屋の中央に放り込む。同時、俺はペペシャを突き出した。

はたしてアダム少佐の光線銃と俺のペペシャ、どっちが早かったかはわからない。

たぶん少佐の光線銃だろう。だがどっちにしたって結果は変わらなかったはずだ。

「――ぐッ!?」

水飛沫で減退した光線でも、ぺペシャの薬室に残った一発でも、弾倉をぶち抜くには足りる。爆裂した弾倉は即席の手榴弾《グラナータ》だ。

四方八方に撒き散らされる七．六二ミリのトカレフ弾は、高速転位も無意味な面攻撃。

俺は間髪入れず、ソファから飛び出した。ぺペシャを放り出し、腰のトカレフを引き抜く。

「────────‼」

両手で狙いをつける。光線銃が跳ね上がる。閃光が目を焼く。銃爪《トリッガー》を絞る。

俺の背後に温水パイプはない。やつの背後にも。アダム少佐のクロームの目が俺を見た。

──ああ、やっぱり。

女に会う前に殺した方が良い。

アダム少佐の頭が大きく後方に仰《の》け反《ぞ》った。俺はさらに撃つ。撃つ。撃つ。撃った。

十五のガキなら何も考えてなかったろう。だが、今の俺は脳と脊髄を狙っている。

機械化兵《キボルグ》は殺せる。ＲＰＧで死ななくても、脳を潰せば奴らは死ぬ。

そして脳漿《のうしょう》と髄液をぶち撒けるには、八発の装塡数は十分すぎる。

降り注ぐ大粒の水の中、俺は息を吐いた。白く煙る。目が霞《かす》んだ。

硝煙すらもすぐかき消されて、台無しになった部屋の中央に、アダム少佐の姿はあった。

放り出された手足は病的な痙攣《けいれん》を起こし、頭部のない壊れた人形、屑鉄《メタロオム》。

妨害に弾薬。大盤振る舞いをして、やっとこの結果だ。こいつの値札で足りるかどうか。

俺は奴にゆっくりと歩み寄ると、薄まりつつある血溜《た》まりに跪き、胸ポケットを漁った。

見たことない表情をした、凍えた美貌の美女の写真。それを、奪い取る。血で濡れないよう。

「一ルーブルでも残ったんなら、俺の勝ちさ」

ざまぁみろだ。

◆

とはいえ、だからって俺がルビャンカ広場に格好良くやって来れたわけじゃあない。

四方八方を警戒し、こそこそと這い回り、たどり着いた時には我ながらくたびれたもんだ。

《機関《オルガン》》――玩具屋の隣、ＫＧＢ本部ビルの前には、相変わらずの黒ヴォルガ。

その傍らに佇むのは、やはり特徴的かつ没個性的な黒服の男だ。

「来たか、同志」

男の声は、氷を削り出したように角ばっていて、同じくらいに冷たいものだった。

「渋滞には巻き込まれなかったようだな」

「なんとかな、同志」

俺には判別がつかないが、もしかすると、以前に顔を合わせた男と同じ奴なのかもしれない。

ＫＧＢの構成員なんてのは、だいたいがそんなようなものだ。

全員同じ。だから俺がこいつを知り合い扱いしたって、別に問題はないわけだ。

「というか、わかってたなら手伝って欲しいもんだ」

「我々にも敵が多いのだよ、同志」

黒服の男は、俺と一定の距離を開けて、隣に並んだ。

二人で視線を――夕暮れ時のモスクワへ向けて、ぼんやりと眺める。

灰色の空、灰色の街、灰色の雪。それが夕日のせいで、ほんの少し赤黒く陰っている。

俺は黒服の男が、わずかに息を吐く音を聞いた。

「三組織同時に相手をするのは骨が折れる」

「〇〇要員が出てくるんじゃってビクビクしながら仕事するよかマシだろ」

「なら代わろうか?」

「遠慮しておく」

俺たちは陰鬱《いんうつ》に笑いあった。実際にこの男がどれほどの仕事をしたかは知らない。

だが、仕事はしていたのだ。

お互いくたびれきっていて、互いを思いやる気持ちは、欠片《かけら》ほども無かった。

「それより」

「わかっている」男は間髪入れずに言った。「ミス・モスクワの安全は保証しよう」

気に入らなかった。だから俺は、畳み掛けるように付け加える。

「俺の弟と妹たちもな」

「安心しろ。今のところ政治的な価値は無い」

むしろ、と。黒服の男は、少しだけ声を和らげた。

「君たちの有用性は十二分に評価されていると言って良い」

「……チッ《ティフ》」

俺は低く、舌打ちをした。男の言った言葉の意味がわからない間抜けじゃあない。

防弾服のポケットを探って、俺は小さなひとつまみほどのマイクロフィルムを取り出した。

むき出しのそれを黒服に放ると、男は一瞥もくれずにそれを掴み取り、ポケットに納める。

「他に何かあるか、同志」

「……いいや、同志」俺は首を横に振った。「祖国万歳だ」

黒服の男は俺に頷きを一つよこして、黒ヴォルガへと乗り込んだ。

これから何処かへ行って、さらに仕事をしなけりゃならないんだろう。

排気ガスを吐いて走り出す黒塗りの車の後ろ姿に、俺はぼそりと呟いた。

「文句は言わないさ」

そして俺は、ゆっくりと踵を返して歩き出した。

顔に張り付いていた目出し帽を引っ剝がす。冷えた空気が、頰を鋭く突き刺した。

俺はここまで、自分がどうして無事にやって来れたのか、よくわかっている。

俺一人でどうこうなるもんじゃあなかった。あの黒服一人でだって、無理だろう。

ビルの裏手に回り込むと、ＧＡＺ《ゴーリキー自動車工場》の真新しいトラックが停まっていた。

その傍には、三人の子供が所在なさげに立っている。

バツの悪そうな顔をした男の子。俯《うつむ》いている黒髪の女の子。得意げな顔をした黒髪の女の子。

女の子二人は双子のようにそっくりで、けれど髪の長さが違っていた。

俺は息を吐いた。

「いてっ」

「あうっ」

「みゃっ」

三者三様。額を小突いてやると、声があがった。俺の弟と妹たち。

一日中モスクワを走り回っていたんだろう。あるいは、それよりも前から。

俺は何かを言おうとした。だが文句を言う気はなかった。深々と、息を吐く。

「……飯、食って帰るぞ」

俺の弟と妹たちは、それぞれに顔を見合わせた。

俺がどういう意図でそれを言ったのかわからないといった風だ。

叱り飛ばされると思ったんだろう。だったらやるなと言ってやりたかった。

だが、俺はその代わりにこう言う事にした。

「好きなもん奢《おご》ってやる」

「なら、あたしハンバーガーが良い！」

真っ先に声を上げたのは、やはりノーラだった。

彼女は猫がじゃれつくように俺に飛びついて、腕にしがみついてくる。

「プーシキン広場にできた、アメリカのやつ！」

「うぇっ、あれ滅茶苦茶《めちゃくちゃ》高いし、滅茶苦茶待つだろ⁉」

ちょっとは遠慮しろよな。ワレリーの抗議の声。「ぶー！」とノーラが威嚇する。

「構わねえよ。コーラもつけてやる。ジューコフのじゃなくて、色のついた奴だ」

俺は適当にノーラをあしらってやりながら、ワレリーにそう言ってやる。

それから、こう付け足してニヤッと笑った。

「運転はお前に任せんだから、酒はなしだぞ」

「しかたねえな、兄貴がそう言うんじゃ」

ワレリーは笑って、親指で鼻を擦った。雪目防止の色眼鏡を、格好つけて装着する。

「ほら、ノーラ。さっさと乗れよ、荷台に！」

「ええーっ⁉　ワレリーさ、女の子に荷台行けって、さっきもだけど、どうかと思うよ？」

「兄貴と姉貴を荷台に乗せるわけにゃいかねえだろ！」

「それはそう。けど言い方はちょっとどうかと思う！」

ぎゃーぎゃーと、ワレリーとノーラは楽しげに言い合いながらトラックへ乗り込んでいく。

俺は未《いま》だに俯いたままの妹に向けて、特段何も気にしてない風に、声をかけた。

「マリーヤもそれで良いか？」

「ダーニャ兄さん……」

俺の妹がじっと見ていたのは、俺の左手だった。

手袋は焼け焦げて、以前に《お医者》から拝借した止血ジェルと包帯が覗いていた。

マリーヤはもじもじと、

「その、私は……」

「決まりだな」

「きゃ……っ!?」

俺は、左手でマリーヤの黒髪をわしゃわしゃと撫でてやった。

ガキの頃の脂ぎった、薄汚れた髪じゃあない。綺麗に梳かれた、良い髪だった。

「ああ、そうだ。レコードを一枚買ったんだよ」

かき混ぜた黒髪を、最後に綺麗に整えてやって、俺は手を引いた。

微《かす》かに目尻を赤くさせた妹が、そうっと様子を窺うように俺を見上げてくる。

「今度蓄音機拾ってくるから、上手いこと直してくれ」

「……っ」

マリーヤは、ごしごしと目尻を擦った後に、大きく頭を上下させて頷いた。

「はい……っ！　任せてください、ダーニャ兄さん」

俺は頼んだと声をかけて、トラックの助手席に向かって歩き出す。

助手席に俺とマリーヤだ。少し狭いだろうが、まあそこは勘弁してもらおう。

むしろ先にマリーヤを乗せて、真ん中に入れた方が良いか。

荷台の上ではノーラが早く早くと騒いでいて、ワレリーは既にエンジンを回している。

仕事を終えて、ハンバーガーを食って、家に帰る。十分だ。

あとは途中でポンチキ《ドーナツ》でも買って帰ろうか。ああ、いや――……。

「兄さん？」

マリーヤが、俺の袖を握って顔を見上げてきた。俺は首を横にふる。

「いや……」

無性に飴玉《あめだま》を口に放り込みたくなった自分に気がついて、俺は笑った。

◆

「……ダーニャ、疲れていますか？」

「大丈夫《フショーフパリャートケ》だよ、スターシャ」

白いシーツのベッドの上で、スターシャの声を聞いて、それ以外の返事があるのか？

俺は遠慮なく四肢を伸ばして寛《くつろ》ぎながら、首だけを動かしてスターシャの方を見る。

彼女はどうしてかにこにこと上機嫌で、先程まで楽しんでいた紅茶の後片付けをしていた。

ぴたりとしたズボンの描く稜線が揺れるのを眺めるのは、俺の人生でも最高の景色の一つだ。

もちろん、最高の景色ってのは他に幾つもあるわけだ。優劣なんかつけられやしない。

「きつい仕事だったのは、確かだけどな。終わったから、良いさ」

「……そう」

短く呟いたスターシャが、かちゃりと茶器を置いて、此方へ振り向く。

そしてベッドの傍まで歩み寄ると、マットを軋《きし》ませる音も立てず、俺の隣へと腰をおろした。

「お疲れ様、ダーニャ」

穏やかな声。白い指先が伸びて、俺の左手、包帯を巻いたそこを慈しむように撫でていく。

間近に感じる温もり、重さ、柔らかさ。これを、どう表現すれば良いんだろう。

学の無い俺じゃあ、何を言っても軽薄になってしまいそうだ。

だが、それでも言える事はある。

「………まあ、やったかいはあったよ」

俺を見下ろす彼女の、この表情が見れたんだ。それだけは確かだ。

スターシャの瞳をじっと見つめる。彼女の瞳には俺の顔が映っている。俺は笑った。

「お陰で、家じゃジャズって歌手の歌を聞けるようになった」

「ジャズ?」とスターシャは首をかしげた後に「ああ……」と微笑んだ。

「素敵な音楽ですよね。私も、詳しくはないですけれど」

「だろ?」

会話が途絶えた。

別に沈黙ってのは、そう不快なもんじゃあない。

言葉を交わさなきゃ伝わらないことも多いが、黙ってたって伝わることだって多い。

スターシャの指先が俺の手を撫でて、優しく包み、やわやわと揉《も》みほぐすように握ってくる。

甘く噛まれているような感触は、なんとも言えずくすぐったくて、心地よかった。

「じゃあ、私からも何かご褒美《ほうび》、あげないといけませんね」

「甘やかし過ぎじゃあないか?」

「この間は」とスターシャは目を細めた。「厳しくしましたから」

「ファンタスティカ!」

「ご飯にしましょうか?　それとも――……」

「……そうだな」

わずかに腰を浮かせたスターシャの細い手首を、俺は右手を伸ばし、そっと握りしめた。

今にも折れてしまいそうに細くて、白くて、けれど血が通っていて、温かい。

スターシャの瞳が俺を見る。やはり、そこには俺の顔が映っていた。

俺は精一杯に普段通りに聞こえるよう、声の調子を整えていった。

「ボルシチが喰いたいな。少しは具の入った、奴を」

彼女の瞳が瞬いて、そこに理解の光が広がっていくのがわかった。

それが嬉《うれ》しくて、そしてその喜びを誤魔化《ごまか》すように「その前に」と俺は言った。

「何を食べようかな《シトームニェパイエスチ》、お嬢さん《ジェープシカ》」

「……ダーニャッ」

それ以上、会話は続かない。

俺に覆いかぶさったスターシャの唇が、俺の口を塞《ふさ》いでしまったからだ。

「んっ……ふ、ぁ……ッ　ダーニャ……ダーニャ……っ」

何度も何度も、彼女は俺の名前を呼びながら、口吻《こうふん》の雨を降らせてくる。

俺はその細くて、柔らかくて、暖かくて、最高の体を抱きしめた。

精一杯に力を込めて、けれど壊さないように気をつけて。

「ダーニャ……ん、くっ……あァ　ふぁっ……ぁ、ダー、　ニャ……ッ」

やらなきゃいけない事だった。

やれるだけやって、この結果だ。

俺にしちゃあ上出来と言って良いだろう。

結局のところ、俺は金ずくで殺しを請け負う《掃除屋》だ。

そんな《掃除屋》が彼女にしてやれる事は、大して無い。

金を稼ぐこと、金を払うこと、キスをすること。それくらいだろう。

いや――……。

――あとは、芝居を見に行くってのがあったな。

そのうちに。そのうち――いつか。近いうちに。生きているうちに。

俺はそう考えながら、柔らかな白磁の海に溺れて、目を瞑った。

ペイバック

「おい、同志、聞いたか?」

「ああ、アドロヴァ少佐の暗殺か……」

「裏じゃMI6とGRUとCIAとVVSが……」

「……いや、《掃除屋》のしわざらしい」

「そんな奴《やつ》がいたとしても、死んでない方がおかしいぜ」

——いやあ、侮っていました、侮っていました。

酒場の喧騒《けんそう》の中、カウンターでグラスを傾ける赤毛の女は、喉《のど》を焼く酒の旨《うま》さに目を細めた。

まさか似たような孤児《シロト》の中で、生身で、あんな事やらかす人がいるとは、思わなかった。

始めは、ちょっとした戯れだった。

仕事の合間の息抜きというか、サボタージュというか、褒められた事ではなかったけれど。

だが、もともと大して面白《おもしろ》くもなさそうな仕事だったのだ。

たまたま声をかけてきた男の子に、ちょっとふざけて、じゃれつく。そんなつもりだった。

それが、なんと、まあ。

——ペペシャとは、また古風ですよねえ。

女は、あの時の光景を思い起こして、くすくすと笑い声を喉で転がした。

電磁手榴弾《エレクトロマグニートニィ・グラナータ》を投擲《とうてき》してからの、鮮やかな撤収。動きは悪くなく、判断力も良い。

機械化《キボルグ》した気配はなく、生身だというのによく頑張るものだと、そう思った。

落っこちて足を捻《ひね》って追いつかれた時は、

——馬鹿《ばか》だなぁ。

なんて笑ってしまったものだけれど、その後の体勢立て直しは、悪くない。

だけれど、そこまでだと思ったのだ。

そうしたらマフィアが駆けつけて、後ろからずどん。彼は陽動だったわけだけれど。

獲物は他の人間に取られてしまったが、別に今更実績を気にするようなことも無い。

差し引いて、有意義なひとときだったと——そう思う。

——賭《か》け事《ごと》の最中に、テーブルをひっくり返すようなもんですよね。彼の手口は。

スペツナズやＭＩ６とやりあったと聞いても、驚きはしない。

別に彼らが弱いわけじゃあない。手強《てごわ》いに決まっている。ただ、本気じゃあなかった。

もしＧＲＵが本気なら、それこそ魔女《バーバ・ヤガー》の家の怪物が出てきただろう。そうなればおしまい。

本気じゃあない状況、本気を出せない状況で、彼は抜け目なく、その隙間《すきま》を駆け抜けたのだ。

たまにいるのだ、そういう目端の利《き》く人物が。一山幾らの一流。山のようにいる一流の中に。

――――どれくらい生き延びるかは、別だけれど。

「――――面白くなってきましたね。モスクワの路地裏も」

女はふと、襟元《えりもと》から鎖をたぐり、服の内側に落とし込んでいた小さな指輪を取り出す。

そして、淡い口づけ。

「ね、イワン？」

《先生《ウチーテル》》、赤毛のエレオノーラは、そう言って艶《つや》やかに微笑《ほほえ》んだのだった。

あとがき

ドーモ、蝸牛《かぎゅう》くもです。

『モスクワ２１６０』楽しんでいただけましたでしょうか？

精一杯に頑張って書きましたので、楽しんで下すったのでしたら幸いです。

『スターリングラード』が、ジュード・ロウのヴァシリ・ザイツェフが好きです。

と言っても、彼が格好良いからとか、凄まじい狙撃兵だからというわけではないです。

彼がウラルの山奥から来た、羊飼いの息子だから好きなんです。

深い考えなく兵隊になって、戦場に放り出されて動揺して、英雄にされて大喜びして。

そして好きな女の子にこっそりと、将来の夢を話す若者だからです。

「社会科見学で見た缶詰工場の偉い人が格好良かった。だから僕は、工場の偉い人になりたい」

そんな、たんなる一人の若者だから、ヴァシリが好きなのです。

本作はもう何年も前に、私がウェブ上で発表したものです。

舞台も設定もキャラクターたちも物語も、サイコロを振って決めたものです。

だからダニーラ・クラギンとその家族たちも、本当にたまたま、生まれた人たちです。

大したことないヤツだから、そのうち死ぬだろうなと高《たか》を括《くく》って見ていました。

が、彼はしぶとく、悪運強く、必死に踏ん張って、街を走り抜けていきます。

だから私はダーニャとその家族、モスクワの人々のことが大好きになりました。

そんな彼らのお話をこうして世にお出し出来た事は、本当に嬉《うれ》しく思います。

ウェブ版からの読者の皆様、『このやる夫スレまとめてもよろしいですか』様。

そうした大勢の皆様の応援あってこそです。本当にありがとうございます。

素晴らしい挿絵を描いて下さった神奈月昇《かんなつきのぼる》先生。

そしてコミカライズを担当して下さった関根光太郎《せきねこうたろう》先生。

お二方にも、心からの感謝を。


昨今、なかなかに難しい情勢だと思います。

私も報道を見て「嫌だなあ」とか「早く何とかならないものか」と思うことが多いです。

ですが本作は別に政治的なあれこれとか、正義とか悪とか、そういう話ではありません。

もし本作から何かそういったものを感じたなら、大変申し訳無いですが、それは誤解です。

『モスクワ２１６０』は、必死こいて走り回ってる人たちのお話だからです。

ですので、そのように受け取って頂けたなら嬉しく思います。

二巻についてはまだ未定ですが、おそらくは『魔女の家の怪物《バーバ・ヤガー》』のお話になるでしょう。

知っている方はご存知の通り、例の彼と彼女です。無事にお届けできると良いのですが。

それでは、また。

ファンレター、作品の
ご感想をお待ちしています

〈あて先〉

〒106－0032
東京都港区六本木2－4－5
ＳＢクリエイティブ（株）
GA文庫編集部 気付

「蝸牛くも先生」係
「神奈月昇先生」係

本書に関するご意見・ご感想は
右の QR コードよりお寄せください。

※アクセスに発生する通信費等はご負担ください。

https://ga.sbcr.jp/

モスクワ2160

発　行　　2023年5月31日　初版第一刷発行
著　者　　蝸牛くも
発行人　　小川 淳

発行所　　SBクリエイティブ株式会社
〒106－0032
東京都港区六本木2－4－5
電話　03－5549－1201
　　　03－5549－1167（編集）

装　丁　　AFTERGLOW

印刷・製本　中央精版印刷株式会社

ISBN978-4-8156-1435-5
Printed in Japan　　GA文庫

第16回 GA文庫大賞
GA文庫では10代～20代のライトノベル読者に向けた魅力溢れるエンターテインメント作品を募集します！
物語が、華ひらく。
イラスト／風花風花
大賞賞金300万円＋コミカライズ確約！
◆ 募集内容 ◆
広義のエンターテインメント小説（ファンタジー、ラブコメ、学園など）で、日本語で書かれた未発表のオリジナル作品を募集します。希望者全員に評価シートを送付します。
※入賞作は当社にて刊行いたします 詳しくは募集要項をご確認下さい
リニューアルで選考課程を一新!!!
応募の詳細はGA文庫公式ホームページにて
https://ga.sbcr.jp/